REFLECTIONS

REFLECTION ☼ REFLECTIONS

Reflection往往比原物多了奇妙感

REFLECTIONS

REFLECTION ☼ REFLECTIONS

Reflection往往比原物多了奇妙感

天空之镜

REFLECTION☼REFLECTIONS

目录

图书在版编目（CIP）数据

天空之镜 / 黎坚惠编著 . —北京 ：中国戏剧出版社 ,2012.10（2021.1重印）
ISBN 978-7-104-03805-4
Ⅰ . ①天… Ⅱ . ①黎… Ⅲ . ①游记—作品集—中国—当代 Ⅳ . ① I267.4
中国版本图书馆 CIP 数据核字（2012）第 204941 号

天空之镜

黎坚惠编著

图书策划：吴宏凯　　美术指导：SK Lam/Mavis Chan@AllRightsReserved
责任编辑：丁纪红　　排　　版：Sing@AllRightsReserved
　　　　　曹　敬　　封面摄影：KAON@Rworkshop
责任印制：冯志强　　漫　　画：门小雷

出版发行：中国戏剧出版社
出 版 人：樊国宾
社　　址：北京市海淀区紫竹院路 116 号嘉豪国际中心 A 座 10 层
网　　址：www.theatrebook.cn
电　　话：010-58930221　58930237　58930238　58930242（发行部传真）
传　　真：58930239　58930240　58930241（发行部）

读者服务：010-58930221
邮购地址：北京市海淀区紫竹院路 116 号嘉豪国际中心 A 座 10 层（100097）

印　　刷：北京图文天地制版印刷有限公司
开　　本：787mm × 1092mm　　1/16
印　　张：17.75
字　　数：180 千
版　　次：2021 年 1月北京第 1 版第 2 次印刷
书　　号：ISBN 978-7-104-03805-4
定　　价：136.00 元

自序／半路中途

黎坚惠

在人生最困惑的几年，见了很多人，希望能找到问题的答案或头绪，无论是中或西，用的是电脑软件或易卦，都说到了*2010*事情就会好。等呀等，终于来到*2010*，怎么好法呢？不知道。然后有这个去南美洲的机会来到面前，跟工作、玩乐无关，但心里觉得像是一件重要的事，尤其它就在四十二岁生日之前发生[注]，觉得戏剧性转变的契机就在这里，但一个旅程如何改变我呢？好像知道，但又无法想像，唯有亲身经历。

然后经历了。
真是奇妙的旅程。
*2010*也过去了。
真是奇妙的一年。

这书难写，第一要学懂用心写而不是用脑写，而当心门打开后，心魔走出来，搏斗多轮，就花了很多时间；二是经历旅程的高之后，回来得花一阵子适应香港的低；三是现实生活发生了很多事，令观点不断改变，文字追不上经历，也追不上每天都会改变一点的心态和眼光。但是我能做的也不过是活出我的潜能，如果我被赋予的才华只是把我经历的真实，用心记下来，也就只能把它做好，然后庆幸自己所能做到的。每一次打开那心房掏一些东西出来客观地检视，然后把它变成文字，都牵涉一种“跳吧！”的勇气，勇气不够时，就带自己回到全球最高的湖，重播跃下的那一刻，及跳完之后那种圆满，然后深呼吸，写。

治疗师说，写作不光光只是写出来的语言文字，或技术上的行文造句，奥妙是在字里行间的一切，字里行间能存载写作人的能量，读的人就能接收这能量，所以读书不单单只是关于语言文字。这么说来，此书也是一种*power object*——储存了治疗能量的物质——我在记录自己的净化过程的同时，你也能接收这种净化的能量，果真如是，我希望在有限的文字描述中能带给你多一点天空之镜的光亮、清澈和无遮掩，一种对自己的真实、坦诚和接受。

We need to stretch but most of the time we don't want to, we want to lie comfortably, on a sofa, or on someone. But to grow is to stretch. Let's stretch together.

注 | 天王星的轨迹是八十四年，也就是人生的一般长度，四十二是八十四年轨迹的一半，也就是人生的半路，一般来说中年变身（Mid Life Transformation）由三十七岁开始，四十二岁完成；不少人从恐惧的角度看，称这变身机会为中年危机，因为它要拿走你习惯了几十年的装备。若只着眼于失去了的，就看不到其实是要给你换些更好的。

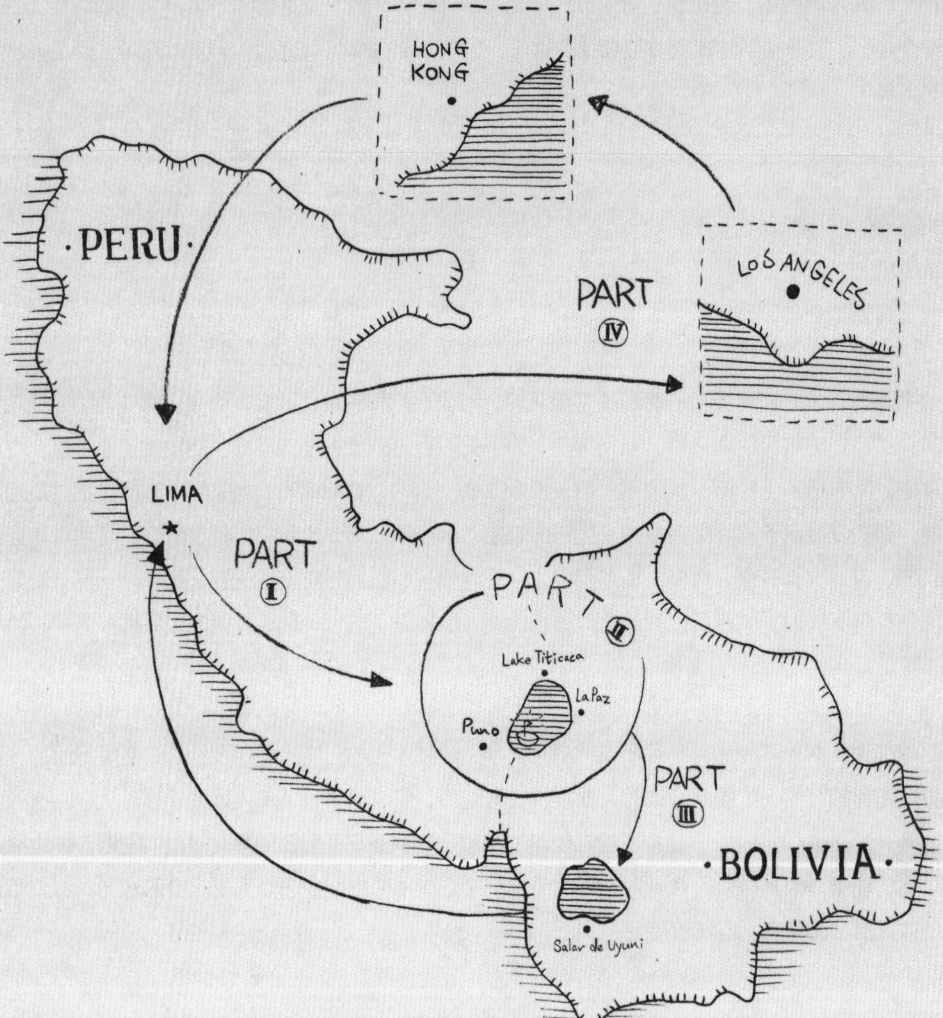

每一站都是能量點，一點點連起來就是能量經緯。

About this book

*（　）内的英文字是原意或原文，（　）前的中文都是翻译过来，是意译非直译。

南美作家人才辈出，不少名家的作品都以魔幻现实（*magical realism*）闻名于世，基于西方社会奉思考为圭臬，将一切不可思议的冠以魔幻之名；其实人生本来就很神奇，但思想和教育令我们对生活的奇妙视而不见，或大惊小怪。南美作家这种风格恐怕不是一两所大学能训练出来的，而是整个生存环境就是能保存这种魔幻性，这是我完成了南美旅程之后的感悟，很多经历匪夷所思，却又是如此实在地每天经历着，也许她是世上最后一块跟大自然还有紧密关系、存敬畏之心的大土，不少人都说这一刻全球最好的能量就在那里，而谁不想得到最好呢？

此书以四个部分组成，第一个部分是由香港前往秘鲁，是探索的开端，小心翼翼的经历奇趣、陌生，通过一道又一道南美魔幻的闸门，个人状态在调整中；如果整个旅程是一个将所学的拆下来或放下（*undo*）的过程，这部分就是开始脱去第一件保护衣，不习惯但又像小孩子般好奇、兴奋。第二部分也在秘鲁境内，在全球最高的的的喀喀湖（*Lake Titicaca*）进行*SDA*——太阳碟启动仪式，跟另外全球各地来的几百人聚在一起四天，经历集体能量，体验一个人行与几百人一起行的分别，体验魔幻现实，将第一站所学的风、水、火、土推进一步，入心入肺，成为我的一部分；同时将习以为常的东西一件一件脱下来，乐意放手，在途上让风吹走让水洗涤让火烧融或留在尘埃中。

第三部分进入南美最贫穷的玻利维亚国度，是的的喀喀湖的另一边，贫瘠反照着之前一步一步的放下，反照着天空，也反照着心的空，个人与天地的关系直接而强烈，语言与时间不再存在，天地的空间将一切放大，也是对体能和包容力的高度测试。第四部分在罗省和香港发生，洗涤心灵原来不是结局，原来是要腾出空间引爆出土过时炸弹，爆炸后，一阵眩晕（*shell shocked*）；然后带着这廿多天的奇特经验，逐步回归现实，由高而下的反高潮，心灵与物质的平衡挣扎，将所学的放到现实中去测试，让没有跟我一起上路的人也体验那种神奇力量。

这是一个旅程，像我的其他著作，写时装而不光是写时装，写旅程也不真是写旅行，当然身体力行的是一段飞天过河熬车的旅程，但读下去你也许能够明白内在经历的高低跌荡、戏剧性变化有时比外在的更甚，如果只读一头一尾，大概能感到进入和走出来的，好像已是两个人，这不就是生活中大大小小挑战的写照吗？我们进入一项挑战、新的领域，不知方向，甚至看不到，更多时候是摸黑寻找自己的路，最后路走了出来，再见天日，然后回溯过程每一步，从中得到肯定的能量，好走后来的路。摸黑的经验越多，就越不怕黑，甚至不觉得黑，就是这么一回事。

浮島(Floating Islands)上居民的日常服是螢光粉紅、螢光綠。

這是SDA四天活動的制服——白色冷帽子，方便辨認团友。

這是婚宴的「盛菜」——也道麵餅一片，也是當天唯一的食物。

來自杜拜的保羅和Carina突然結婚。

美丽的Amantani島上，島主人家總令我想起「七俠四義」之類的字眼。

左手接收、右手發放——天空之鏡上的太陽儀式。

你知道英国紳士的高帽是來自秘魯婦女傳統服飾嗎?

Siloli七色沙漠中的粉紅瀉湖(Pink Lagoon)前。

☼ 第一部 / 秘鲁

当老板的朋友说，多年来的得力助手近一年经常
在办公室发难或情绪失控，常呼“我要放假，我要去旅行！”

當老闆的朋友說，多年來的得力助手，近一年經常在辦公室發難或情緒失控，常呼：「我要放假！」

後來她跟朋友研究得出結論：這是Facebook的「禍害」。「Facebook上經常有人張貼旅行照片，

他人看了，第一心癢難熬，第二覺得自己也應該有這種照片貼上去，是人有我要有的心態」。此話不無道理。我第一次看到有吸引力的南美洲是在日本雜誌《Brutus》，差不多十年前，他們介紹世界各地奇珍異寶的

度假酒店，其中一家就是佇立在安狄斯(Andes)山脈上，日本人亦是最早探索南美精緻旅遊的民族。

然后妈妈竟然跟朋友去了南美旅行，三十多个小时飞机，腰都没知觉了，然后又有王家卫的电影《春光乍泄》，但这一切都没有勾引起我要到南美的冲动，即使两年前有老师教我玛雅（*Mayan*）历法，他经常在洪都拉斯或各大南美玛雅圣地出入，我也没有要到南美的计划；但正正就是朋友在*Facebook*贴上一条去玻利维亚天空之镜的日本旅游节目短片——湿滑的盐湖地面，反照着天空的一举一动，如果你站到上面，就像站到一幅广阔无垠的镜子——立即种下了一粒种子：有生之年应该到这地方看看吧！跟着机会就来了，当时装编辑的*Adele*率队到秘鲁灵修，广发行程帖，我有一点心动，问题是如果我要飞到地球的另一边，只做精神修炼，太单调了，问她会否到天空之镜，她答特地绕道要四日时间，大概去不了。

乘坐长途飞机，代价太大，即使睡得着，辐射对身体始终非好事，所以通常都会精打细算，每一次都不想只办一件事。到了截止报名那天，还是举棋不定，因为这不是我真正想要的，谁不知就这样，上天收到我的想法，这一天*Adele*竟电邮另一份行程来："这是我老师办的另一组，分三个部分，先到秘鲁，然后也做*Solar Disk Activation*，最后是玻利维亚，也许你会感受到呼唤？"匆匆地把行程看一次，感觉妥当，住的都是四、五星酒店，收费也不便宜，某种程度上奠定了"不太吃苦"的调子；再看看朋友早前到过的名胜，全部都包揽在内，也就是说，这个团包含了名胜观光、心灵修道及游人止步之禁区，因领队雇用当地*Shamans*，有办法带我们进去。人人都说由现在到*2012*年全地球最好的能量都集中在南美，吸收高能量是近年的旅游目的，像前人的朝圣（*pilgrimage*）。寄了电邮报名几乎一整个月都没有回覆，但也没有太心急，是要发生的自然会发生（像廿多岁时用信用咭，是要属于我的，咭就能过!），直至*12*月才得到回覆，对方说虽然人数不够，但是寻求精神指引后，答案是要成行。从电邮感受其他团友的名字，及他们的片言只语，感觉还不错，就这样汇了团费过去，收拾轻便的四季衣裳，三星期多的行程就此展开。

Peru-Lima

由香港出發到Lima最少有兩个轉机選擇，我選了在羅省睡足了才再上机。

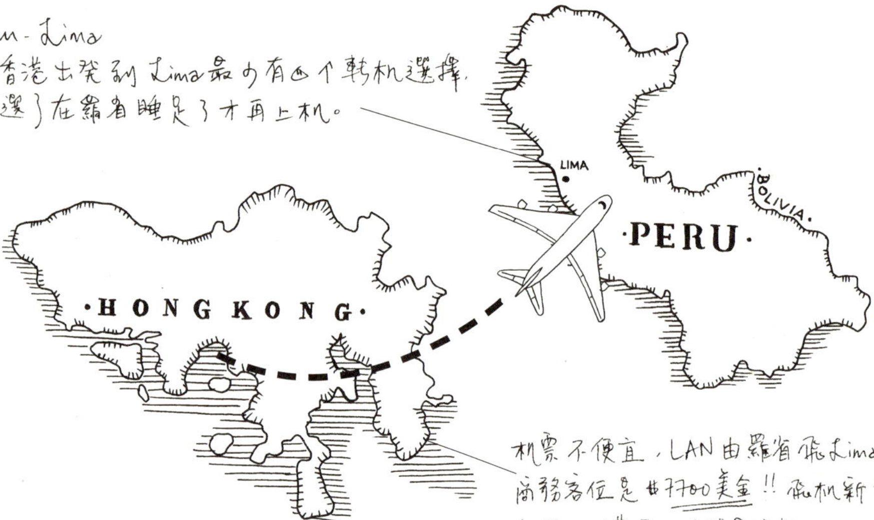

机票不便宜，LAN由羅省飛Lima的商務客位是$7700美金!! 飛机新淨先進，收費瘋狂反映貪富懸殊。

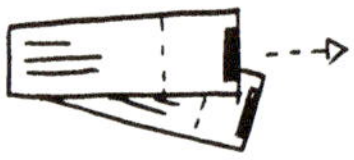

不知是否氧氣減少，一進入机艙總令人有桌睏的感覺

在飛往羅省的机艙中安頓下來，是2010年2月3日23:15，我喜歡

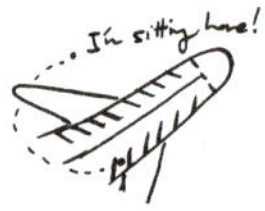

波音777的(魚骨)机艙設計∵不用等安全帶燈號熄滅，已經可以把鞋子脫掉，雙腳擱在小几上。

出發前多晚趕工熬了夜，本來應該攤開被鋪就睡，偏偏有我想看的电影《An Education》(《少女失樂園》的譯名不能說不貼切，但我不喜歡∵它將电影的深闊度收窄了，好像整齣电影只是關於無知少女如何栽在中年男人手上。)

去年有單位在理工大学主辦一个關於靈修的講壇，其中一节是關於Serendipity，教大家如何認識生活上我們常常忽略的一些指示——我沒有去，∵它說的95%我都懂。

多年前在紐約，朋友帶我去一間叫Serendipity的甜品店吃朱古力新地，她

約略解釋过這个字(若干年後，有电影又有歌曲以此為名)，指的是無意中有所新奇發現！如果你相信世事沒有偶然，分別只在於我們看到多少「大圖畫」。

当*Consciousness*越来越宽阔，看到的东西也越多，例如你要买一辆新车或你想换一个发型，本来在上班下班的途中，每天都见到很多车，但是你完全没有留意它们，或见到很多不同的发型，但你也没在意；但正正由你决定要买新车或要转新发型的那一刻，车子的型号或别人的发型开始变得清晰，你会留意到这个型号大部分都是银色，然后是黑色，你会比较银色和黑色在街上看起来哪个样子比较好，或这个人的头发不就是我想要的吗？但是那个再长两吋的也蛮好看，你会作出比较，也就是说，你在意起它们来了，在你的意识里面，它们有了存在的空间，意识也因此而扩大了。

说起来，算是从章小姐身上学懂活用*Serendipity*［注］，有一年女友获赠两张*Norah Jones*音乐会门券，我们鼓励她约会心仪的外籍厨师，二人同往音乐会非常愉快，但是厨师没有打电话给她，女性的本能本来就像那电影（*He's Just Not That Into You*）那样，总是给同性正面的打气“或者忙呢”、“不在港吧”，但是章小姐拿着音乐会票尾看一看就说：“算了吧！

图丨乘国泰只飞到罗省，翌日再乘LAN前往Lima，地勤和机仓的水准都很好，乘客就差点。**注**丨Serendipity被英国翻译公司列为十大最难译英文字。

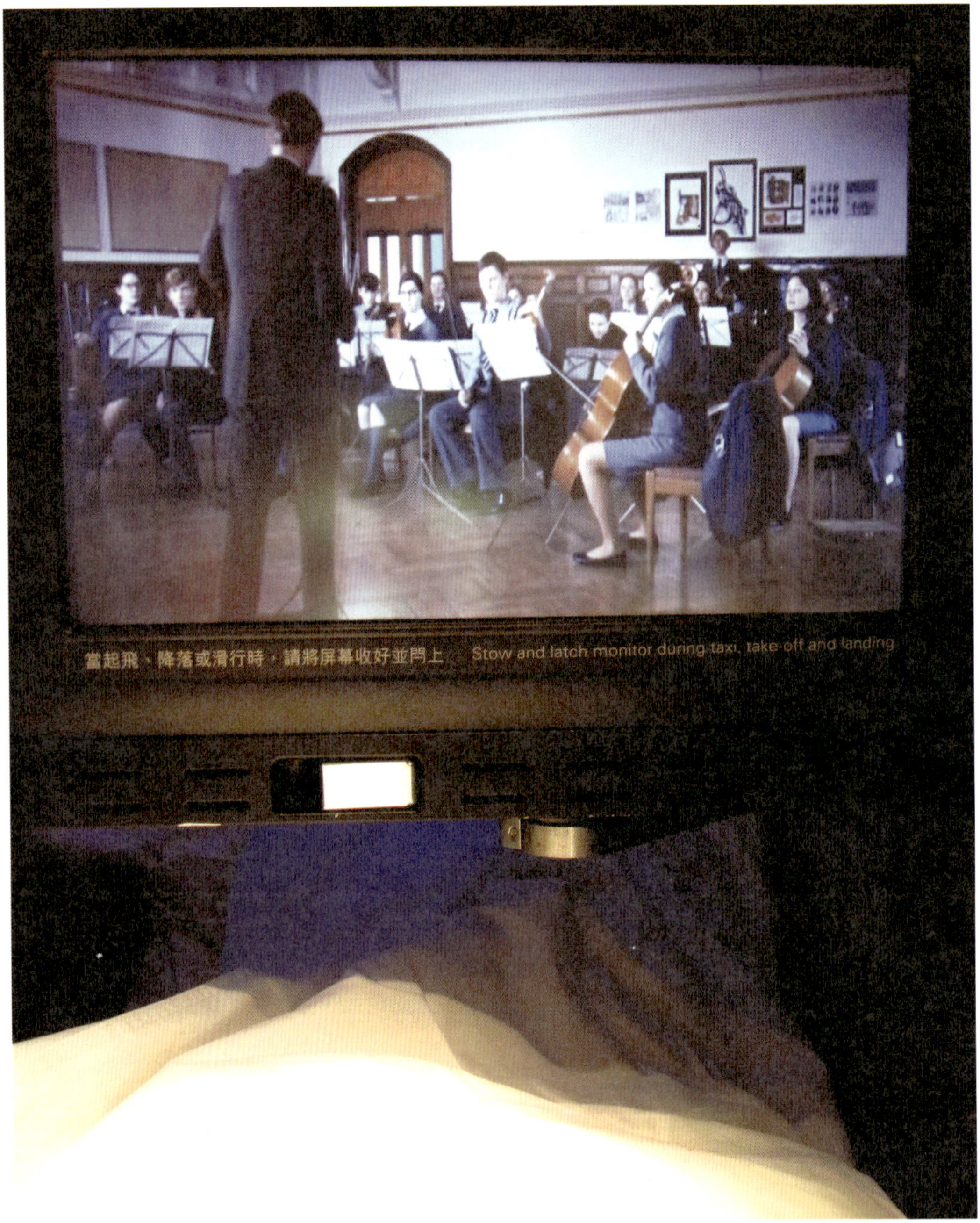

图丨电影《少女失乐园》(An Education)。

你们看的音乐会叫*One Night Only*，开心过就好！”印象深刻。能阅读这些埋藏在生活中的各种讯息，能挽回多少忐忑与焦虑。事实上那外籍厨师真的没有再联络女友。有了*Serendipity*的意识，慢慢就能看到生活中各式各样的象征，像一个游戏，吻合的次数越多，好像越接近成功或目的地。留意这些好像无关重要的细节，看到了它跟自己的联系和关系，就越觉得有股力量跟我同行同在，不真的只得自己一个。几个月前朋友在*Facebook*贴过这电影的预告片，少女决定辍学，跟男人谈情、结婚，最后才发现对方说谎，一切幻灭、重返校园。在一个层次，故事就是少女失乐园，但对我来说，电影却是某种生命主题曲，由白恤衫背心裙校服开始，就是如何在外在诱惑和忠于自己之间作出取舍，或人大了之后发现不是取舍，而是平衡。

每个人读同一个故事都有不同的结论或感喟，*Colin Firth*在奥斯卡介绍《少女失乐园》作为最佳电影提名时说，这是关于爱情，带我们返回十六岁的电影，令我们记起自己十六岁时是甚么样子，这故事本来就是自传。于我的第一眼看来，它是关于虚荣*VS*忠于自己，后来我发觉这些二元对立是多余的，因为当我们虚荣的时候，其实也是一种忠于自己；做乖女回牛津修成正果，也是忠于自己。

那么是物质*VS*灵魂吗？这些年来我也以为这些东西是对立的，起码在我的世界它们是如此地分裂，因为在我的层次只能看到它们分裂的存在，没能看到它们同属一脉的部分，于是就认为物质和灵魂是对立的。今日我拿着笔，明白到世界没有对立面，虚荣是我勤奋好学也是我，灵魂靠物质盛载，高和低是相对的而不是对立的。当你认为事情是对立的时候，是因为你只能看到一个有限的画面，于是要将它定性为好或坏，高或低。自我认识是一个漫长的过程，局部的画面并没有问题，重要的是知道画面有限，而我们可知而未知的无限。

少女对校长说：“读书这么辛苦，为的是甚么？就是要做一份像你这样单调的工作，努力，为的就是重复每日的刻板？我可不要这样的生活。”我也不要这样的生活，所以跑去巴黎享受那一刻能享受的爱情是应该的，活出人生可能和不可能的缤纷与颜色——尽管只是幻象，但幻象是必须的，它带出我们的可能性，当可能性变成真实，幻象的任务完毕，但我们的经历却是真实的。在数十年的人生中，渐渐明白凡事都是讲究平衡，从前我会很自豪地，不花别人一分钱，不要别人帮助，一切靠自己，一来是傲慢与偏见，二来也是害怕失去自由，然后失去自己；这个决绝的背后，有多少的咬紧牙根，多少的握紧拳头，真是

上天給你好東西，都要你肯接收才有用。

跟自己过不去，再年长一点才懂得人生不是斗争，而是游戏一场，能够自给自足固然好，但如果有人愿意帮你，给你，为何不能够张开双手欣然接受？怕习惯了回不了头？上善若水。面子越是重要，内里越是脆弱，如果内里实在，才不管表面如何，因为那是给人看的，得闲至搞。

*Spirituality*其实也是忠于自己，忠于我们的*spiritual self*，因为*SS*是我们的最高层次（大我），忠于最高的自己而不是最低的欲望，或爱生事和注定带来痛苦的*ego*（小我）。我不会是第一个，或最后一个告诉你*spirituality*跟宗教是毫无关系的人，很多宗教狂热分子一点也不*spiritual*，他们只对顺我者昌，逆我者亡的绝对权力有兴趣，他们旨在将自己的宗教硬套在别人的头上，那不是*spiritual self* 的表现。*Spirituality*也是言行一致，表里如一或天人合一的一致性状态。我遇过很多*spiritual*的人并无宗教信仰，有做生意的，有演艺明星，有无甚社会地位的草根，他们都能从实际的生活经验中参透出一点甚么，依的不再只是物质世界的法则，明白精神世界或道的运作，通常已脱离了语言文字的论述，做，不用说，或中文字里没有的be，just be。

反而在各式各样的宗教或灵修团体总有些人，说的是超脱的一套，但内里却出现鬼打鬼争排名争宠的情况，或攀附名利权力。兜了这么多路之后，我有一个很好的分辨方法，但凡将自己抬高的都是神棍，要你跪要你拜的，最后都是要奴化你，分别只在手法的高低。当意识扩大了，接收的事情多了，它们互相连结起来，小小的符号也就变得更立体，就像我一个人上路，某层次上是去旅行、充电，但另一层次却是去经历未知，旅程终结时，打开笔记簿记下的种种，更清楚看到整个旅程不就是“一种教育”吗？而旅途一开始就在机舱上看一出叫（*An Education*）的电影，这不是*Serendipity*吗？

*Education*来自拉丁文*Educare*，意思是发掘和引领，也就是说要教育一个人，不是将现存的一套套在他的头上叫他重复，而是要将他的潜质发掘出来，让他也看到，然后栽培，这才是教育本身的意义，但看看现代教育制度就知道我们有多偏离它的原意，所以我都不再往正统的地方寻找教育，而是用其他方法，像今次的旅程。

蛋殼黄的教堂内有最美丽的图書館和駭人的亂葬崗。

認識一个人或一个地方最少有兩种方法，一是認識之前進行仔細的資料搜集，未見面已掌握一个梗概，但同時也出現主观期望。二就是隨遇而安，見山是山見水是水，全無認知，毫無期望，一切以第一身接觸。我对南美的認識是後者，參與的不是旅行团，也不是朋友以為的靈修之旅，而是一个混合，团員来自世界各地，就在秘鲁首都Lima某五星酒店集合。不少人还以為南美洲很落後，其实如果有钱，住到世界哪裡都是一樣的，但是，住在一个貧富懸殊的地方跟住在一个人人都差不多富裕的地方的舒適度是很不一樣嘛，就說衣食住行水平一樣，但在一个人人都活得好的環境中，恐懼和控制是沒有立足之地，但在貧富懸殊下高人一等，即使吃住好，心情始終不一樣。

我喜欢*Lima*是始料不及的，知道她是首都，某种程度的商业化，也是西班牙殖民时代的权力中心，但是没想到她也很美丽，尤其是第一餐我在*Larcomar*海旁的综合式商场里午餐，通常商场都商业化，但*Larcomar*偏偏能够平衡商业与自然的美态，而且食物超美味，沙律吧全是天然有机蔬菜，他们的大粟米是我这个旅程最大的发现及挚爱，香甜绵软，带有豆的质感，却又明明是蔬菜。我们的酒店坐落在中产的高尚住宅区*Miraflores*，但我钟情的是更高级的*San Isidro*，豪宅就靓过香港的多多声，由建筑到花园设计到环境，青天白云靓海太阳甚么都有，只要肯学西班牙语。

在*Lima*前后不过两天，除了海岸线的美丽及那著名的*La Rosa Nautica*餐厅（在南美洲最后一餐在那里吃是完美终结，海浪声、晚风、优良服务、殖民地建筑、精致星光与灯光、食物不坏……），最震撼相信就是到三藩市修道院（*Museo e Iglesia de San Francisco*），院内不准拍照，通常这种提示对我来说是形同虚设——这就是群体活动的限制性了，一个人自在惯

图 | Miraflores 区有很多美丽酒店。

Larcomar 能夠平衡商業和自然的美態。

了，手拿着相机，像神偷那样一摆手就拍了我要拍的东西，但是你跟着十个人一起活动，十对眼睛虽然不是聚焦在我身上，但是一摆手就很碍眼，虽然最后也偷拍了好几张，但我最喜欢的图书馆——以我一个这么喜欢*library*（图书馆及书房）的人，这是我有生以来见过最震撼的图书馆，虽然是在修道院内，但它有华丽的水晶灯，数百年书龄的老书，最前排的书比我的儿子还高，摆设极富室内设计之几何平衡美感，充满着书香与自然光，那些皮椅和木台有其庄重与尊严，我望着那景象，右手已经不断摸着相机，但基于“群体压力”我无法举机拍摄，折衷方法是去买明信片，但是礼品部是日休息，于是将五美金交给是日导游，请他给我寄一张图书馆明信片，至今仍然没有收到，我猜是根本没有图书馆的明信片，网上亦无这影像，他们怕照相机会摄走图书馆的五百年灵气，或一触即化怎么办？

至于地牢的*catacombs*，走进去前不是太清晰*catacombs*是甚么，但一走下去，数万副骷髅骨头就在左右前后，原来是乱葬岗，距离游人只有一两英尺，气压骤降，尤其是我们这些被隔离惯的城市人，见血见骨见肉都大惊小怪。它给我一阵沉重感，生命的本质及其物质形象的最后收场，诸如此类，但我发现自己根本不想正视这些骷髅骨，因为生命于我，不是用来嗟叹，而是要发光发热，当光与热走了，也不必留下甚么痕迹。

他们的*11°C*，不是我们的*11°C*，他们的*14°C*却像我们的*24°C*，因此只走了一个下午脚已肿了，连逛市集都没有兴趣，迳自回酒店休息。晚饭之前，领队安排了一小时的互相认识聚会，在酒店宴会厅十多人围圈坐，一点烛光在房中央：

1 选一个你最不认识的人去认识。本来新加坡*Ann*选我，但杜拜保罗选了她，只剩下我和*Palo Alto*的*Hector*没有选任何人，你眼望我眼，我们就变了“一对”。

2 跟对方说出你这次旅程的*intent*。我戴着口罩：“学习如何无条件地爱自己及建立跟自己的正确关系，于是可以跟其他人都有一个平衡愉快的关系。”声音突然呜咽，简单的陈述，却有强大情绪力量，我猜我的心是打开了。*Hector*说很多关于“*Happiness*”、“*Happier*”的字眼，但他的墨西哥口音很重，听不清楚。

3 领队在白板上画了一个大心，每人公开讲一次*intent*，她就抄在板上。对着一个人说和跟一班人说，说法又不同了。我说是*Salar de Uyuni*（天空之镜）将我带到这里，时间性及所有“巧合”都强烈显示，这是我下半生的一个启动仪式，或*orientation*，因为旅途完了之后就是我的四十二岁生日，很明显我要踏出一个更高的层次，更认识自己，你都知每一次在西方人面前说出真实年龄，他们都不能置信，东方人就有这种好处。其他人的*intent*都很好，这一刻我完全明白为甚么人数不足，领队在寻求指引之后还是要成行的原因。

4 在台面上选一张卡，这部分是要知道我们可以为这个团队做些甚么。我开的是“*Liar*”，一见这字心跳了一下，以为是甚么不好的事情，卡里是一个小丑，正拿开他的面具，领队尖叫：“嗥！*Bingo*！”拿走面具完全吻合我要到天空之镜的目的，地面反照一切，再没有假装，面对真的自己。

5 继续选卡，今次是*DreamCard*，小小玩意但饶有意义，拿到“*Dream lofty dreams, and as you dream,so shall you become — James Allen*”。

6 选一款精油涂到对方的耳朵、颈甚至心口地方。台面放满了数十种*Young Living*的精油（也是背向，我们看不到名字的），*Hector*拿了*Harmony*给我，而我选了*Inner Child*给他。于亚洲人而言这是十分开放和直接甚至大胆的举动，我们只触及对方的耳朵，但是隔膜随即打破，你看团友，团友看你，不再只看外表，不是你干甚么职业、甚么年龄、性别，而是一下子就接触到你的“精华”（*essence*……*essential oil* 精油是一种象征吧）。

一个简单的仪式，就将我们在能量的层次联系起来，走过对面马路的意大利餐厅坐下，突然间人人的话匣子都不停，跟午餐时的客气与隔膜是两回事。新加坡*Andy*坐在身旁谈了半小时，用英语，他问我在哪里上中学，我奇怪新加坡人怎会知道香港的学校，我就说了名字，他竟问我中文即是甚么，我才用广东话问：“乜你识广东话？”“我是香港人……”还主动告诉我他比我大两年，在英国留学住了多年，五年前才到新加坡工作居住……无怪乎他一点都不像新加坡人！六十小时没说广东话，有人陪我说（虽然只此一次），竟然这样愉快。

人自然是朝着光的方向走，但有光自然就有黑暗。

2月7日早由Lima乘内陸机到Cusco。群体旅遊有它的好処，例如不用操心行李过重、不用自己拿，只需站着等；但群体旅遊像慢格甚至定格短片，九年都未辦好登机手續，尤其當大家都在適应時差，沒有多餘精力談笑风生。一出Cusco机場，安迪斯山脈氣派不凡，先是看着已感

到靈氣迫人，連空氣都不一樣。車來接，行李放車頂。吃午飯，喝Quinoa Soup一流，從此

成為喜好。這天是他們慶祝Pisco Sour的日子，所以免费暢飲，好好味，但兩口就緩緩上腦，加上只睡了4小時，飽肚、頭痛、時差、渴睡。

会合Shamans們，行程展開就下大雨，每人獲分一件露營用斗篷，但我还是打自己的傘。先是用四大元素：水·土·风·火連結來作基礎（其他文化多是五大元素，例如09年在印度或中国的五行）領隊說，她以前帶过九团，一到埗就即去最神聖的地方，沒有讓大家適應，很容易得高山症，所以学乖了後，先到高地勢作基本概覽，然後返回城市，回回氣，再朝聖。

·水· TAMBOMACHAY

不壮观，但五百年来无论下雨与否它都以同一水平流着，是印加先进文明的结晶，当我站在旁边合上眼，利用水声来净化自己，怎知有个人推个相机前来拍照——原来是罗省往*Lima*同机的混血“靓仔”——自觉靓仔已经靓极有限，加上无礼的行为，开始面目可憎！

·土· ARAMU MACHAY - TEMPLE OF REBIRTH

*Shaman*的世界观是*Macro cosmic*、 *Micro cosmic & Inner cosmic*。然后由三种动物代表，最高是*Condor*鹰，然后是*Puma*豹（读音“潘麻”，但已被运动品牌聪明地挪用，变了“飘麻”），然后是蛇。*Condor*是最高和神圣的象征， *Puma*是日常和物质层次，*Snake*是我们内在的象征。我们先前往*Qenko*的*Awakening Altar of Puma*，所谓*Altar*，是山洞里的一块大石，凹位刚好是我的高度，于是头顶贴着大石，脚在地下，打开顶轮（*Crown chakra*）开始*meditate*，才一两分钟，头痛就没有了。两位*Shaman Manco* 和*Raul* （念*Ra-oo*）的英文好难听，第一天未适应，不知他们说甚么，我又不懂西班牙文，在另一山洞*Aramu Machay*前，听他们说是进入*mother earth*’*s womb*，也是进入我们自己的内在，要用左手摸石

图 1 | 用笛声引路的 Manco。**图 2 |** 谁会知按了这快门后，就见到自己的黑暗。

（还是不摸石？），右手在前（还是放头顶上？），我以为就像之前*Puma Altar*一样，只是走过一条通道，或在大石下站站，就第一个跟着*Manco*走进山洞，谁知三步后闻到“尿压味”，都未“咦”完，已经伸手不见五指，进入完全黑暗。

在城市停电那种伸手不见五指，通常在两三秒后就能恢复视线，在极低对比下隐约分辨出环境。这里，却是完全黑暗。弯着腰却看不到自己的身体、衣服和前路，只是摸着石头慢慢跟着*Manco*的笛声走下去，大概七步之后，我在黑暗中看到自己，不是手脚，而是我，无一形一无一相一的一我，不懂得惊因为未去到懂得反应，太突然了，这样跟我面对“面”，心的位置像眼睛那样打开，在完全黑暗中我竟能分辨这是我的黑暗，完全陌生，从未试过。在城市里合上眼通常还有光影，总不是*100%*黑，但这一刻撑着金睛火眼，还是*100%*黑，而且很难呼吸，时间不再存在，因为我连肉身都见不到，走了不知多久，差不多见光，忘记弯腰，撞到头，行出洞穴，头好痛。

跟着出来的*Hector*上来帮我按头，我的眼泪缓缓跑上眼，开头是因为太痛，眼泪却开了一管通道，五秒钟就决堤，哭不停，哭出声，眼紧闭着，好像有些东西等着要涌出来，新加坡*Ann*即扶着我坐下，按着我的头念*mantra*，越哭越停不了，然后*Raul*也出来了，拥着我，按着我的头念*Shaman Mantra*，又塞了一堆新鲜摘来的植物在我手里，仍是哭不停，不久就听到领队*Sandra*在旁边说：“*Wini*，*you know it's not just a knock in the head*，*it's cleansing all the fear and darkness inside you that you've carried for such a long time*。*Cry*，*don't hold back*，*let it come out*。”（你知道这不是纯粹撼头，而是借此让你释放恐惧与黑暗，你揹着它们很长时间吧，哭吧，让它出来。）其他队员围着我，有人递纸巾，领队带头唱“*OM*”，我则拥着*Raul*膊头不停哭（之前在*Tambomachay*他说一车人等我一个，但明明还有人走在我前面，不喜欢被人话，所以不喜欢他，但一小时后我却在他的衣服上流着眼泪鼻涕），*Shamanic power*是*love love love*，我也跟着“*OM*”，但越“*OM*”越哭，眼见这样，其他人跟着*Manco*前进，只剩领队与*Raul*，两人拥着我，然后有两个小孩子抱着我的腿，领队说：“*You asked for Inner Child*?[注] *Well*，*there you go*，*there's two*

图 | 入山洞前还是好人好姐，却原来心里埋下很多包袱；从山洞出来后是另一个人，哭得眼肿鼻肿，却是第一层解放。表面有时真的不可信。

注 | 在旅游车上，Sandra 喜欢将两袋 Young Living 精油传开去，叫我们抽一种来使用，前一晚抽了 Inner Child 给 Hector，自己没用过，香味萦回指尖，叫我念念不忘。

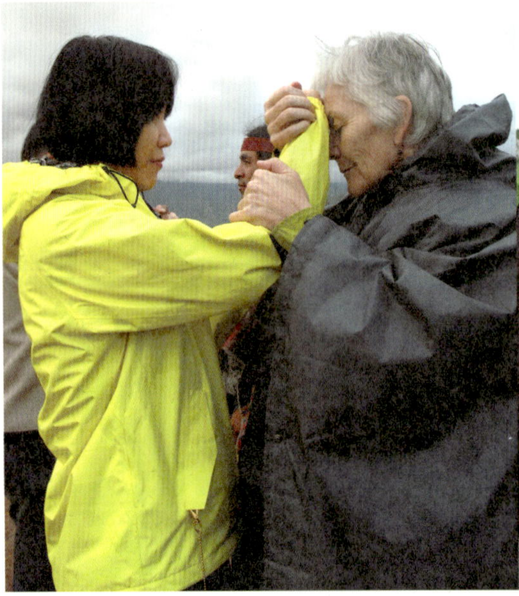

图 1 | 不知哪里跑出来的两位当地小孩，大概是感应到我那彷徨嚎哭的内在小孩。**图 2-3 |** 直视、握手、举向天及拥抱，简单的动作，却拉近了每一个人的距离。

little children holding & embracing （healing） you，children have more power than adults，so embrace your inner child。”（你问我要*Inner Child*？现在就有两个小孩子抱着你，小孩的力量比大人更纯正，现在就拥抱你的内在小孩。）鼻水流不断，用手中的草去拭，最后是*Christine*递来很香的纸巾，她早前也不适，一上山就高山症，六十多岁，但眼睛却一如水晶清澈，无时间痕迹。领队说，所有人都看到哭的不是我，而是一个无助的小女孩——我的内在小孩，也只有小孩才会那样哭。我同意，那的确是另一把哭声，通过连我也不知道的秘密通道出来，要再用，也用不到。

• 火 • SACSAYHUAMAN

这个地方叫*Saqsayhuaman*（读出来像歪音“*Sexy Woman* —“*Saxai Waman*”），是著名景点，多神圣大石，能量超级强烈，我们到这里就不断跟各式各样的石“联系”，其中的滑梯石的联系方法就是滑下来，不过我不想弄污裤子，唯有看别人开心！爬上石山顶，围一个圈，最好是一男一女梅花间竹，或接近的阴阳平衡，例如两女隔一男。右手掌向下（付出），左手掌向上（接受），这样握着身旁两个人的手静默。这是大部分仪式的基础。然后*Raul*走到我面前站着，他左手握我右手，示意我左手握他右手的手肘中间，紧握双手后跟着他做：

①直视对方眼睛 ②他吻我的右手背 ③我吻他的右手背 ④将紧握双手放在双眉中间（*third eye*），深呼吸，然后相握的四只手举向天，头也望天，整个过程我们的左右手仍是握着对方的。⑤给对方一个拥抱，然后站到下一个人对面，重复上述。直至圆圈内每一个人都握过每一个人的手。

没有人解释这跟火有甚么关系，因为没有点过一根火柴，但我的想法是火是消除隔膜的最强力量，而人与人之间的隔膜很多时候都是无形的，未必能说出一个所以然，但你就是不会走近某些人或直视对方。这个仪式开始时没有讲解，我还在决堤后回气的朦胧状态，但是当我完成了第一次，然后站在第二个人的对面直视对方的眼睛，奇妙地，像看到她的灵魂，

也就是她的精华，然后那些吻手背举向天的动作都有一种心灵团结的实在，之后的拥抱就像是一种庆祝及示意支持的手势，这都是一些很简单的动作，但是背后所带来的震撼却不简单。不是每一个人都能直视陌生人，十个人就有一个不能，你猜是谁？ 就是之前一晚跟我说广东话的香港仔，但这只是第一天，而且每个人开放速度不一。

跟十个人互相直视、握手、举向天及拥抱，时间大概是十分钟，有些人拥抱良久，因为他们想延长或加深那连系，但这十分钟却拉近了每一个人的距离，起码是我跟每一个人的距离，突然间我像认识了对方，虽然我不知道他的职业、年龄、国籍，但我的灵魂认得他的灵魂，我的精华接触他的精华，抽象得来却确确实实消除了中间的种族、性别、兴趣、衣着打扮等隔膜，突然间再没有一个是陌生人。回到香港后，跟家人提到了点滴，妹妹对此很有兴趣，然后我跟弟妹示范了一次，效果非常震撼，因为面前是一个你熟悉，其实又未必真的很认识的人，隔膜一旦消除，能量流通比起陌生人强烈十倍，我就看到妹妹流眼泪，声音抖震，她一定感受到一些很深层而强烈的激动或感动。

天已黑，我们还有一个元素未做，有些走得快的人，跟最后一站的大石联系，其他走得慢的人走得下来天已全黑，共识是择日再来完成余下的部分。又冷又饿又累（暖和的衣服都在车顶行李中），脚很痛，以为可以迅速到酒店跳入浴缸来个浸浴，谁知车子开了个把小时还未有到达的迹象，不知甚么时候才到是最要命的。头痛欲裂，

图丨抬头望天，连云也像一个在看顾婴孩的妈妈，真奇妙。

车上音乐又好大声，不知不觉间，又是两小时多的车程。如果是香港人旅行团，这个时候早已怨声载道，而领队一定会告诉大家，我们快到了。但外国人的逻辑是另一套，而*spiritual*人的逻辑更是另一套。三个多小时后，车子深入丛林，在一道桥前停下来，我们还没有到达，因为马丘比丘受暴洪侵袭山泥倾泻，旅游车过不了这段路，所以酒店派出小车来接，我们就在桥的另一边转车，只走了短短一分钟的路过桥，满目疮痍，树歪石倒，急流都是泥黄色，没有一块干土，大自然的破坏力量在电筒的照明中依然叫人心悸。

酒店是新落成的*resort hotel*，我再次以为一到达酒店就可以入房放水浸浴，但*resort hotel*大如一个哥尔夫球场，由门口走到房间大概是二十分钟的事，而他们又未先进到用电动车接送。办理登记手续之后，我就跟领队说不跟大家吃饭了，*room service*就好。我是第一个填完表，拿房匙，上房，但偏偏九成设施都是坏的，先是没有空调、暖气，也没有灯，我对服务员十问九不知很不耐烦，烦躁的结果是替相机充电时太猛力令电线跳表……人人都在放水浸浴了，我却在漆黑房间继续冷饿，教训明显，但我也不想对自己太严苛，是的，我的行为像疲惫的小孩闹别扭，知道就好，反正这是非常的一天，安慰自己就当是另一次的劳其筋骨，饿其体肤。

事后回看，其实就是我的内在小孩被释放了，可是出来后又饿又冷又攰，发脾气是很正常的。三个星期后我们才知道这一天是领队的生日，她本来打算跟全团人（会合了*Shamans*）一起在酒店餐厅的优美环境庆祝，没想到人人都累得东歪西倒。吃完东西连转身的气力也没有，瘫在床上，很需要一点甚么，就在*Carla Bruni*的音乐和歌声中找到。一路上，领队和*Raul*谈人生三件事：

Love · Work & Action · Knowledge & Wisdom

*Carla Bruni*的音乐就是关于爱，*L'amour*，一种较自私的，*nonetheless beautiful LOVE*。

* 如果你想知道甚么是内在小孩，请打开信封。

很多人都問：「你怎麼可以走開一整个月？」

我的好处也是不好处，別人可以大條道理申請年假或無薪假，我卻要在一个月裡完成兩个月的工作，犧牲原本的休息時間。二月第一个晚上，母親來煮飯給我吃，在客廳大叫：「阿女，這是就你要到的地方嗎？」手指指著大屏幕的新聞報導秘魯馬丘比丘洪暴……我才如夢初醒：Machu Picchu原來叫馬丘比丘；「好像是吧。」母親在一旁唸唸有詞：「嘩！好危險喲！」旅客滯留……

不知是要趕工的緣故还是我真的練就了隨遇而安，情緒沒受半点影响，轉頭就返回电腦前工作，完全沒有諮詢領隊的想法。

倒是24小時後收到她的电郵，說她跟當地政府官員了解，情況尚樂觀，官員說会盡最大努力將鐵路趕修。

PROSPERITY CRYSTAL PENDANT

再过四十八小时，再来的电邮已不是那么乐观了："我知道你们当中有些人此行的目的就是要到马丘比丘，如今洪水暴发，如果你不打算取消行程，我敢保证那两日可以有很多地方代替，更有意思的，在能量层次来说一点也不逊色，但如果马丘比丘是你此行的唯一目的，你可以选择取消，但是当地政府和旅馆仍未定出取消及赔偿的守则，所以此刻我也不能告诉你是否可以悉数退款。"我连细阅电邮附件（即当地回覆）的耐性和兴趣也没有，只覆了一句："一切照旧，我对自己的安全很有信心。"因为每件事发生都总有原因。我完全不知道马丘比丘是很多人到秘鲁旅行的目的地，是皇冠上的大宝石，对我来说，它只不过是其中 粒石，跌了也没有办法，我的大宝石是天空之镜。

之前一晚累极而睡得不好，早上四点起来，想再睡，明明叫了七时的唤醒服务，六时半却电话响，原来领队没有通知我们就自动设定了，想睡也没得睡。在酒店大堂集合，当地人揹着布包来了，本来真的没打算买东西，但那些水晶很有分量，全部都有强烈能量，一拿上手就感应到，保罗和 *Carina* 又说我一定要买个金字塔形的放电脑上，好解散电脑释放的负能量……加上精致银器和一个 *prosperity crystal pendant*（不是我拣的，是那妇人递到我面前示范银链的作用），就买了数千元水晶。

我们住的酒店 *Aranwa* 是新落成的，就在洪水暴发的旁边，酒店无恙，但是出入的道路都被毁坏，我们每一天都要由大车转小车往返酒店，酒店附近就有很多倒塌的树、泥涌的河，沿途看见暴洪后的塌屋，小孩子流离浪荡的。第一次停车，团友拿出一袋袋衣服——依稀记得电邮中领队征询过大家，如果有旧衣物想捐赠的话，请用袋放好——原来真的有特定环节安排我们去捐赠衣物给灾民！对我来说（香港人的计算），真的有人山长水远地拿着旧衣坐十多廿个小时飞机来到地球的另一边捐赠，是颇为匪夷所思的，我连自己的行李也嫌太多。第二次停车，热心团友下车送衣服送纸包奶，能够救人或者帮助别人对自己是一个很大的肯定（*validation*），面对这些澎湃的热情，我选择以一个置身事外的角度去观察，也许是写作的习惯，要看得更清楚，就要踏后一步，抽离。有新加坡团友下车拍照，身旁的美籍墨西哥海伦就权威地说："我觉得这些时候拍照是很不尊重对方，这是不对的！"

我本来已经相机在手，快要打开，她这么一说，我犹豫了一刻，但我不觉得我不尊重其他人，我只是记录旅程的所见所闻，于是按下了快门。美籍德裔的德琵在后座开腔："但照片可以令世界知道灾难的现实，于是人们才会伸出援手，海地就是这样引来全世界出手相救。"德琵的声音冷静而娇滴滴，海伦喷一喷鼻孔："也可以这样说。"这就是言论自由的好处了，虽然我不认同海伦的说法，但也不用跟她有直接冲突，已经有另一个人提出意见而令她接受，大家可以就同一件事持相反不同的意见。这也令我想到传媒工作者的矛盾——有事的时候，到底应选择救人还是继续拍摄死人塌楼？

中午太阳很猛，车子在一个临时庇护中心停下来，海伦、保罗以救世军姿态跳下车，不少团友仿傚，以救世主姿态亲临第三世界拯救被人遗忘的一群！我最怕就是这种情况，那我到底要不要下车呢？我有紫外线皮肤敏感症，这种正午太阳轻而易举就要了我的命——冷眼旁观，在车上盯着他们一堆叽里咕噜一副紧张的样子，我不懂西班牙文或地道的*Quechua*，我明白生命因使命而变得充实，"救人"是侠义行为，甚至甚么都还没有做，已经自我感觉良好。香港人通常都是赈灾的热心群族，无论是华南水灾、四川地震，电视一年到晚总有募捐的娱乐节目，但捐出来的钱有几多真的转到有需要的人的手上？不少非牟利团体行政费用惊人，电视台的制作费又若干……都市人，总会找到借口来将自己的行动，或不行动合理化。我笑自己。

我的抽离令我思考：*Machu Picchu*洪暴冲毁铁路，令我们无法攀上天空之城，却把我们带到这里来救人，生命的迂回可见一斑，要学的是这样明显。我可以做甚么？我可以出钱。所以我跟车去了买米、糖、油、粉面、小扁豆（*lentils*）——自己的行李都不愿拿，来到这里竟然要搬搬抬抬？体内的贵族基因发作了两秒钟，然后接受——人生几何？就搬抬吧！

图 1 | 暴洪后的塌屋。**图 2-3 |** Shamans 视服务人群为己任，Manco 落力搬搬抬抬，有钱出钱有力出力。

破壞比建立容易，重建又比建立艱難。

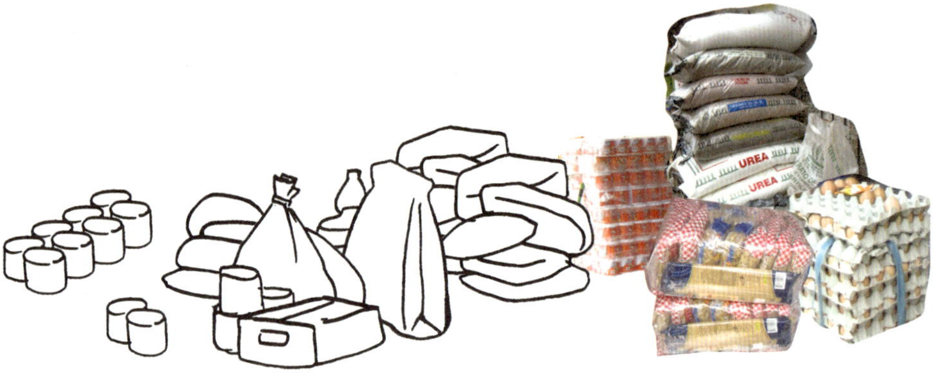

糧食解決了，接下來还有衛生和各种心理需要。

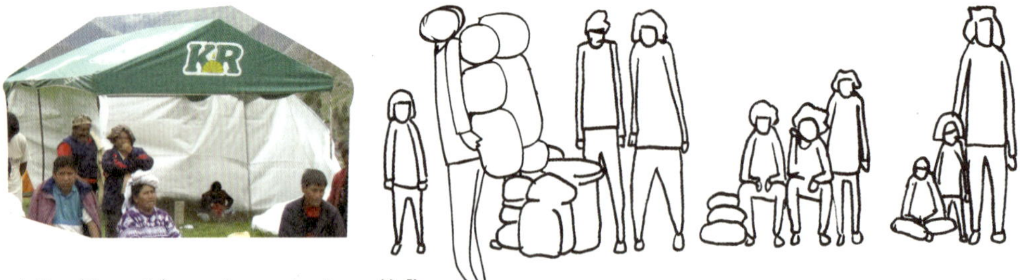

無家可歸，秘魯人的樂天知命精神不簡單。

图 | 灾民在庇护中心等候粮食及物资。

海伦也跟车，继续指指点点，啊，乜都知、指指点点、挑挑剔剔，*the insufferable know-it-all!*在这个旅程中，海伦就是这角色，通常这种人都满有自信，觉得自己所知的就是唯一的真理，然后希望教化他人，如果其他人信他所说，他就犹如人群中的妈妈或上帝，一副舍监或总管的声调。我见过真正权威和真正知道的人，多是笑笑口选择沉默，因为很难用三言两语说明白，所以讲多无谓，而在没有摸清楚事情真相之前，亦不会发表任何意见。通常知少少的才会急着扮代表。

海伦问我要钱，无问题，但态度奉旨，下意识她有点避开我或尽她所能当我不存在，因为我会质疑她每一个“命令”，她的笑话我也不笑（因为不好笑），能量有趣的地方是，不发一言，不望一眼，但大家收到。回到救灾中心，我仍然留在车上，让其他人逞英雄，虽然塞满了一车的粮食顶多只够一星期用，但当地人的满足从眼神流泻。少买一件时装可以让一营人温饱数天，这种数一直都懂得计，但亲身经历是另一回事，当时我也饿了，没想太多，现在回看，一定是改变了我一点甚么。

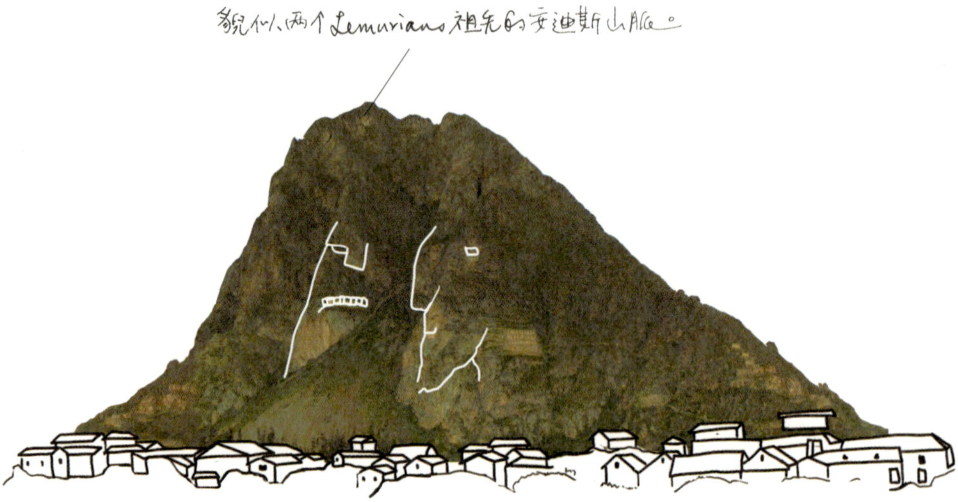

我們的旅行車是二十座位，十來个人剛剛好，不太擠。我永遠都選右边第二排对窗的單座，開窗对我來說很重要，坐在窗前，可直接吸入車外的清新空氣，而且可以拿著相机準備隨時按下快門。

坐旅遊車遊大自然，最深印象就是大自然的变面和大自然之永恆，前者是瞬間就变，後者是永遠都一樣，印證了物質世界所有事情都是二元对立並存，矛和盾同体。

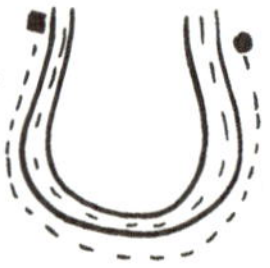
大自然也有很多种性格，同是綠色力量，有些古樸，有些如茵。前往Ollantaytambo这个Sacred Valley聖/勝地，沿途就是叫人如沐春风的滋潤綠色，是一种滋养的能量，跟美加、澳的风光明媚又很不同。明明炙熱的太陽一繞彎就偏暗，拐入山的另一面，再深入一点，就山雨欲來。到了山腳軍政府不放車行，要徒步上山！我的内在女皇不禁嘆息一声，而且明顯不悅：要走多久？一小時。腳骨力很矜貴呀，才第三天，不要一下子就用到盡吧！

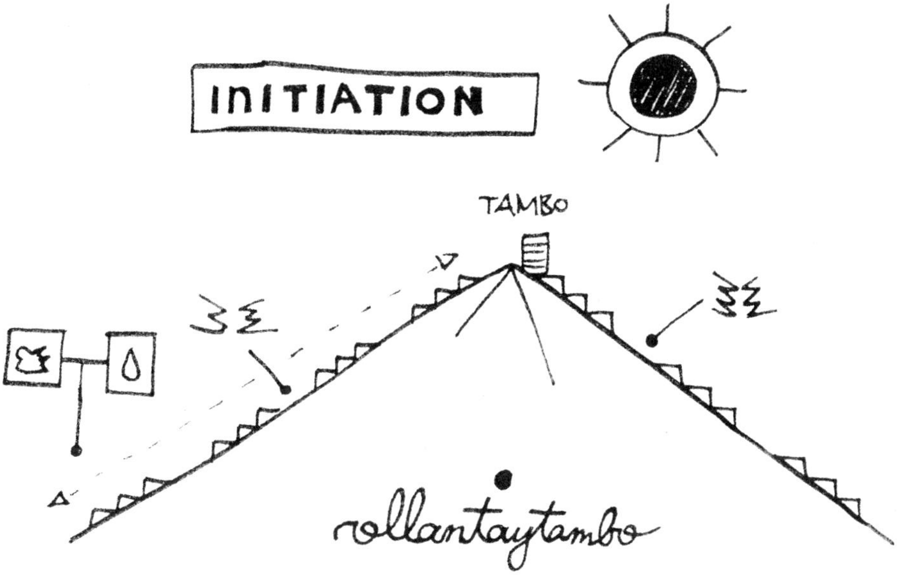

所以即使我是第二个下车的人，不消二十分钟，我已是整队人中走得最后的那一个，心中老大不愿意，不是介意走路，而是介意走车能走的路，觉得是浪费脚力，又下雨。

没多久*Raul*就折返下山来告诫：“你又是最后一个！”我才不理，拿起相机示意，拍照嘛。秘鲁人惯了顺应自然，所以即使心急也不会黑面。上到山腰，本来该是停车的地方，桥前驻了很多军人，我已感到有点不妙，果然很快就发现桥已被封锁，而更不妙的是我们有一半人已经过了桥。有趣的是在桥的另一边是所有西方团友和*Manco*，在桥的这一边是亚洲人和领队与*Raul*。雨下得很密，桥下的流水很急，可是大家都闲闲的，没有甚么紧张，虽然有穿军装的人走来走去，我觉得等一会桥就会再开。

等了二三十分钟，性子急的领队决定不等了，宣布：“我们绕道由另一边过河跟他们会合吧！”我的女皇基因再次发作，内心嘀咕：“不是吧，这样绕山过河起码走一小时，我宁愿在这里等一小时，可以省回脚骨力。”但人生路不熟，又不知对方底蕴，东方人独有的“含蓄”现形，我没有将话说出来，只是旁敲侧击地劝“等多一会就会好吧”，但是来自哥斯达黎加、属虎的领队不以为然，坚持走下山往另一边，绕一个大*U*过河在另一边跟他们会合。

叹息了一声，跟团友无奈地接受走下山。不消五至十分钟，我又是这半团人的最后一个，因为潜意识老大不愿意。而果然不出我所料，二十分钟之后，领队的手提电话响起："桥开了！"我们由原路折返！回到桥头赶紧过河，领队老是催："快！快！赶快！"过桥只是五十秒的事，很快就跟另一半的队友会合，来不及寒暄就像赶鸭般被赶上山，向*Ollantaytambo*出发，斜坡度极高，时为下午三时半，我们要在短时间上到顶，赶会太阳。

差不多来到山顶，有一幅平地，领队叫停，然后*Manco*结巴开口，经过之前一天山洞撞头的经验，我提议他们说西班牙话，然后由领队翻译英语，时间跟他们吞吞吐吐地说英文的时间应该差不多，但起码更清晰。

我们再次围圈牵手，右手朝下，左手朝上，接收再付出，或先付出再接收，总之有出有入，圆形如太极那样生生不息。*Manco*开始说："我们本是一起行的，没多久就分成两截，这是我们能量分裂的显示，你们来到我的国家，这个国家的人民也是分裂成两截，你们吸收了这分裂的意识，不自觉地在团队中表现出来，时间再不够，我们也要将大家集在一起。"就这样手拉着手，也没有念甚么，大家只是合上眼，将能量接收传送，五分钟整件事就完了。再上路，奇妙地，不徐不疾，我也没有存心领先、跟随或堕后，但整队人就是在一起，前前后后都是自己人，这是我第一次具体而迅速地见到能量的转化。

我们意识中的*Temple*（*Tambo*）都是一间间的寺庙，像京都的，像国内的，但是在南美，大部分*Tambo*都是几块大石，是远古的原因吧！上到山顶就是太阳殿，而这个殿也只有几块大石，如何奇妙为何神圣？*Sacred Valley*山谷为环山所抱，阳光晒落大石的位置，有它的特别意义，起码在他们的文化里是这样，例如秋分（*Equinox*）的时间，就是太阳直射群山的某一点，他们的文化是天人合一，而大自然亦包含了祖先们很多的智慧，所以大自然亦以人的面貌出现，其中几座山的样子，就像是远古的*Lemurians*。

明明在下雨，可是一到太阳殿就见到了太阳，在赶上山的当儿，我们没有在意原来雨一直在收，就像我们来的时候，明明是三十三度的炙热灿烂阳光，一来到山谷就变了绵绵雨，绵绵雨变阴天再变大雨。太阳就在太阳殿对面的山顶上照着我们，直接的。这就是太阳殿的意思，置身那里就能跟太阳有直接的接触，可以直接吸收它的能量。从旅程的设计来看，这

是一个启动（*Initiation*）。跟太阳联系——住在城市的人怕太阳，因为会有晒斑、变黄变黑，户外工作都不是一些高薪厚职，所以太阳在城市文化的地位不高，甚至是头号敌人——太阳是万物之源，它给我们无穷的精力，即使我走了三个小时的路，却一点没有腰痛，以我年纪的劳动能力，不停走路只可以支撑大约三小时，但我在南美洲可以走一天，全无问题，只要那天有太阳。

大家都既兴奋又疲倦，自然在大石上坐下来。“乜都知小姐”又开口了：“这些石是神圣的，我是你就不会坐在上面！”我望着她没有回答，也不表示甚么，转过身走到另一边，心里却有把声音：这个地方叫*Sacred Valley*（神圣的山谷），若坐着不敬，你踏着它的土地也是不敬，甚么都可以是不敬！我没有发作出来，但这阶段的我又未到可以让事情就这样过去，那一丁点的不忿叫我拉着权威来做证，抓着*Raul*问：“这些石头是神圣的吗，我们是不是不可以坐在上面？”“当然不！任坐任企无问题！”毕竟已不是小学生了，所以并没有把*Raul*的答案拿到“乜都知小姐”面前搬弄一次，我只需要印证自己的想法是对的，我们来这

图 1-2 | 路途中，我们会走过很多闸门（Gateway），Gateway 是由一个境界进入另一个境界的过门。

些地方，就是要跟大自然的力量联系，而这些所谓圣殿、神殿之所以神圣，是因为它们存在了千百万年，吸收了很多日月精华，而我们只需快速地将自己的身体和自己的能量跟它联系就可以吸收一部分的精华，无论是坐着、踏着、拥着、揽着，都是没有所谓的，但是这个世界是有很多像“乜都知小姐”的人，这样是神圣的，那样是高不可攀的，因为他们一定要把自己放在一个高或低的清晰位置才能感到安心，因为未能看到万事如一的格局。

集合。*Shamans*开口：“我们会走过很多闸门（*gateway*），*gateway*是由一个境界进入另一个境界的过门。”这是旅游胜地，很多人进进出出，很多旅行团上上落落，但一般的游客只会直行直过，而不懂得跟这些独有的建筑联系，准备自己从一个境界提升到另一个境界。我们在*Shamans*的指引下这样做，当然不是一过了门就整个人立刻变了，或对世界的看法不同了，但一点一滴地，的确在改变中，这是过了几天之后看到很明显的变化。

图 1 | 已是身处太阳殿中，脚下的大石和侧面的太阳，不只简约，而且合理，总不能将太阳收在建筑物内吧！**图 2-3** | 大伙在短时间赶上山顶，走几百级石梯。

过了闸门来到太阳殿顶，我们各自在那里打坐，面向壮丽、广阔的天空，我合上眼感恩。不久一股暖流流遍身心，心里回应：这是我第一次真切感到自己值得你爱，一直以来，我总是江湖救急或讨价还价，寻求指引或帮助，你很大我很小，但是这一刻，我并无任何需要，感觉良好，只想感恩。领队说，跟太阳联系就是*aligned with love*。我知，*God is love*。仍闭着眼享受环山拥抱，突然叮一声醒觉：我也是个“乜都知小姐”！因为我有这么一个部分才会接收到她的那一个部分，然后觉得她讨厌。这是我们发出甚么，就会得回甚么！也是“*we are what we give*，*not what we are given*”的一个实例。我的*ego*对她进行批判，能量打一个圈回到我身上，她是我的一面镜子——看到自己跟自己批评的人一样——大感惊讶！接受了，也笑了出来，对“乜都知小姐”的偏见就在大石下放下了。

一路走到山的另一边，太阳下山，我们看神鹰石与流水，当我们在日落的山谷再手牵手进行另一个仪式时，就有管理员来破口大骂，他们是军政府的人，甚么都管，管头管脚，连一般游人在这里拖手都不能，专横的政府，在地球的另一面设身体会到。他们几时会明白大自然不属于任何人，但人人可亲之用之？人类不察觉自然的变面，只有在它反面的时候才有点醒觉。

跟太陽联繫就是aligned with Love。

图 1 | 太阳殿的大石，站着可跟太阳直接接触，这是团友 Christine。**图 2** | Sacred Valley 是很多人的 No.1 心头爱，包括领队和第三次前来的“乜都知小姐”。

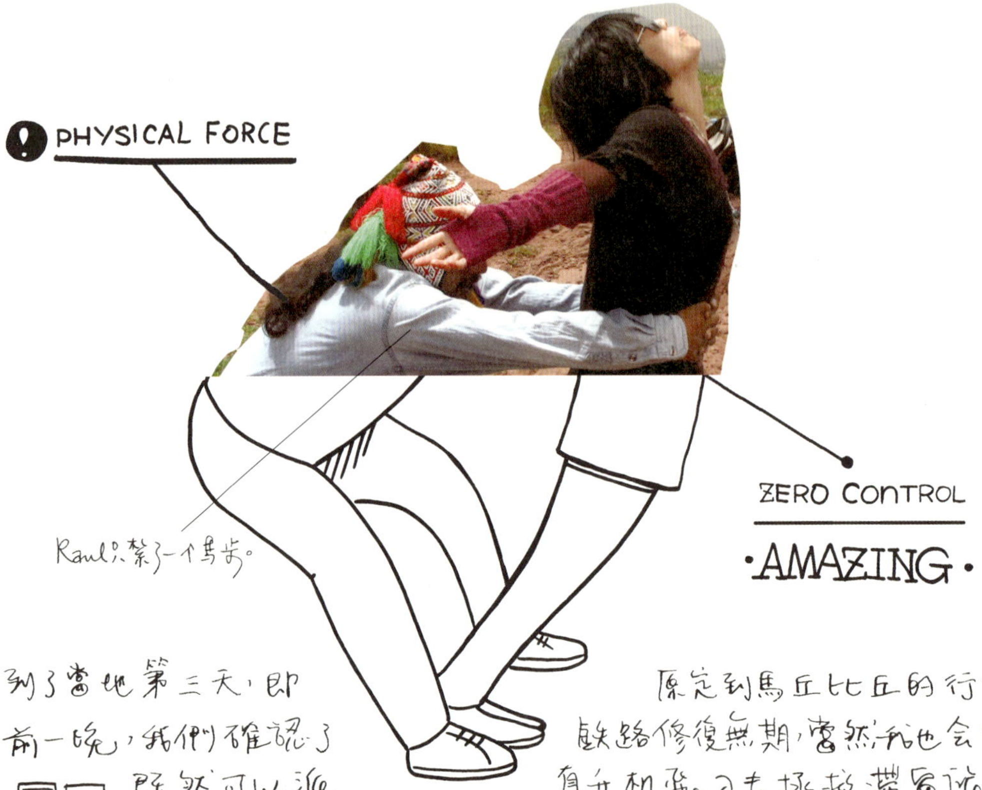

到了當地第三天，即原定到馬丘比丘的行程前一晚，我們確認了鐵路修復無期，當然我們也会問：既然可以派直升机飛入去拯救滯留旅客，我們是否可以租用直升机？領隊一副「还用你說」的樣子：「所有可以用的方法我都問过了，包括直升机，但他們的環保意識非常強，而直升机的机葉和风势会对當地的樹林造成某程度的干擾甚至破壞，所以如非必要是不能用直升机，唯一可以進入馬丘比丘的只有那條鐵路」，一个苦笑，也不用投票，大家知道她已另有安排。

出發前，我們在酒店的巨型七彩教堂玻璃前再圍起一圈，陽光透过七彩玻璃射到每个人的髮膚上，彷如光環，短短兩分鐘的聯繫，叫我們愉快地踏出酒店。

有些時候我們是鷹，有些時候我們做小鳥。

我们都市人能见山是山见水是水已属幸运，因为大部分时候根本不见天日，南美古文化见山水都是灵魂，跟人一样有它的生态、智慧，地位跟人类同样重要，无分高低，融和一体。这天来到的地方叫*Pisac*，是鹌鹑的意思，地形也就是高山大谷，可能在某个地方某一块石头像鹌鹑，故名之。来到*Pisac*，我们不是学习鹌鹑的故事，而是关于*Condor*与*Humming Bird*。

*Condor*是鹰，字典爱译做神鹰，是众鸟之王，飞得最高也最英勇。*Humming Bird*是蜂鸟，是全球最小的鸟。故事是这样的，有天蜂鸟挑战神鹰说："你不是唯一能飞往太阳的，不如我和你比赛，看谁更快飞到太阳那里去，好吗？"神鹰既是众鸟之首，自信十足，当然就答应了挑战，约好翌日起飞。翌日日出，神鹰左望右望，左等右等也不见小鸟，心忖："难道牠不等我就起飞了？"于是跟其他鸟说，我们不等了，起飞吧。三两个回合，神鹰已经脱颖而出，飞得最高、速度最快，就在牠抛离了所有对手的时候，在太阳之下，小鸟在牠面前出现，"你终于来了！"神鹰无法置信，但既然蜂鸟飞抵了太阳，就封了牠为众鸟之中第二，"那现在我们飞回去吧！"，蜂鸟说："当然没问题，我再骑上你的尾巴吧！"

这故事有点像我们中国的大象与老鼠，分别的是教训，这故事强调合作与平衡，大有大的好，小有小的好，强有强的好，弱有弱的好，强力体魄和小巧的智慧互补不足，是这故事最美丽的地方。那么我是鹰还是鸟？细思，有些时候我们是鹰，有些时候我们做小鸟，人生的好玩之处，就是不同的情况中我们能屈能伸，所有强弱都是相对的，比起某些人我是鹰，

泊在另一些人身旁我只是小鸟，但只要大家能配合，就能发挥额外的能量。但我还是喜欢做鹰多一点，然后聘请小鸟不就解决了问题吗！

下车走入山谷，个把小时后，我们停在一个峭壁上，路大概只有三英尺宽，如果有畏高症都不能讲笑，因为这儿都有海拔三千五百多英尺。*Raul*开始讲解他专长的*Condor Initiation*。西方流行很多集体治疗，经历过不测的人，互相扶持，这些活动第一步是取得互相的信任，用一些简单的练习来加强本是陌生的同路人之间的信任。例如二人一组的*Trust Fall*就很流行，甲要信任乙，于是放松自己向后地跌向乙，看不到但相信对方会接着他（这后来已演变成团队活动的一般热身，例如演出前）。*Condor*启动仪式的意义也差不多，但是在峡谷峭壁上做，效果就震撼十倍！这里没有围栏，要信任一个只认识了三天的人，不单是他的为人，还有他的体能，因为他也没有甚么保护工具在拉着他，他只扎了一个马步，然后从后箍着我们的腰，当他说开始我就要放松，将所有力卸在他手上，而我就面对着太阳，清风送

图 1 | 在 Aramu Muru 我们有第二次的 Condor Initiation，Raul 箍着 Andy 的腰，面前是千几英尺的山谷。**图 2 |** 在 Pisac 的蓝天白云下的第一次 Condor Initiation，Raul 箍着保罗的腰，面前是几千几英尺的山谷，感觉很危险，亦很解放。

Trust fall近年很流行，也在电影中常见。

来，合上眼，他将我左摇右摆，我张开手，像鹰那样张开翅膀在峭壁上飞，打开眼，面前是几千英尺高的山崖，而我就是毫无顾虑，越来越放松，然后打从心里笑出来，*Raul*的声音从后响起："放低所有限制你的东西，放下生活给你的所有枷锁，释放自己吧！"我已经没有时间观念，但观察其他队友，那大概是两分钟左右的仪式，但人人都说*amazing*。*Amazing*的原因：①能够在这样一个地方张开手，放下所有重心。②能够信任一个只认识了三天的人，将生命安全交给他。③能够在高空这样飞翔，虽然脚尖还是在地上，但身体完全放开。少年时代我就是一个喜欢玩跳楼机的人，后来发现自己并不是追求刺激，因为我不喜欢开快车，我只是追求那种失去控制的感觉，生活和社会文化教我需要控制，但我不想控制，这是对生活各样枷锁的摆脱方法之一。

我跟领队用的同是*Canon G10*相机，轮到我的时候，自然就将相机交托给她替我拍照，然后完了之后就问她拿回相机，跟着很快发现她把相机调转了——老实说，我并不感意外，相处数天我就不觉得她是个聪明细心的人，只是心地极好，你是不会跟善良的人太计较，虽然我一拿起就知道两部相机的分别。但最叫我啼笑皆非的，是拿着她的相机看照片，所有照片都是大特写！当你登上几千英尺高空，四面环山，天空海阔，张开翅膀拍照留念，甚么人会觉得要用大特写去拍下这些时刻？只见到头，最多见肩膊， 张开的双手被斩掉，当然看不到后面的山，甚至看不到天，更看不到背后拉着我们的那个*Raul*，这才叫脑海填满一连串的

图 1-2 | 有了第一次的经验，第二次“飞”就很放心，但解放感却不如第一次强烈了。

问号。我只能当是文化差异，有一点失望，勿能将这一刻好好地记录下来，大概因为这个失望处理得很好，没哼半声，且在一分钟之后就忘了，所以上天给了我一个补偿，读下去你就知道。这是很重要的一课，如何释放？令自己自由？谁在限制你？太容易我们就将手指指向社会、家庭、工作压力，但真的吗？如果你有心，真的有人可以缚住你吗？像“爱”一样，“自由”这些字眼对每个人的意义都不一样，大家说着同一个字，但其实根本可能是谈着不同的事情。

很多人认为自由是爱做自己想做的、去哪里就去哪里，不受任何束缚，没有任何牵挂，但人越大越发现自由也分层次，任性也是一种自由，但层次低，容易伤害其他人，而且并不保证快乐。再上是相对的自由，也就是说，你要有某种程度上的责任，才显得出你有某种程度上的自由，如果没有承担，那些自由只是一种飘泊。更高的是你有责任，而不被这责任捆绑，仍能自由地随心之所领。终极的自由来自彻底的信任，免除了担忧和各式各样的诚惶诚恐，不被小我（*ego*）支配，不需要别人成全，不需要跟人比较，活出你独有的意义。

不少人将信任跟期望混淆，包括我，有期望才会带来失望，而信任却可以不带任何期望，能相信所有的事情的发生都是对自己好，即使发生的时候好辛苦、不合理。像*Raul*，我的第一印象是不太信任他，但是在脆弱的时刻，他给予大家包括我在内的支持，到底哪样是他的真面目？我相信全部都是他的真面目，所以放下批判的眼光，活在当下是这么重要。

社会教我们判断一件事一个人，得出结论，于是人人都在评论人人。我发觉用这一套，感到伤害、气馁的时候多。后来学会另一种更好的方法，就是信任和接受，两样东西相同之处都是没有期望，拿走了期望，那一刻他支持你，你接受了支持，那一刻因而独特，下一刻别人说他信不过，也许，但也没有甚么可惜的，因为可以互相支持和信任的那一刻，我是真心*100%*支持和信任。（他们叫这做 DETACHMENT ，不少人著书立说如何达致*detachment*，其中一個方法就是拿走*ego*。）能够在这个地方放下，是否*100%*放下并不重要，我知道放下了一大抽锁链，才能张开手，否则永远揹着重甸甸的包袱来来回回，只能是一个困局的视野。

后记

一星期后，离开秘鲁之前，我们在*Aramu Muru*进行另一些仪式兼向*Manco*道别，在那峡谷中，因为成员的组合改变了，我们再来一次*Condor Initiation*，这次地形不同，四面环石，斜度非常，环境不一样，惊险度相若。别人替我照的照片仍然看不到深谷斜度，我拍其他人的倒能反映一点危险感和当中所投入的信任。

回港后领队说她于*12*月将有另一团出发，不过不会再跟*Raul*合作了。一直以来她跟他合作无间，但过去数年*Raul*有些行为令她跟他的价值观有冲突，屡劝不改，所以决定不再合作。信任就是这么一回事，跟爱情、婚姻一样，并不是永恒的，不是一旦信任对方，就可以一世都信任对方，但重要的是你信任他的那一刻，两个人都打开心房，有一道桥梁直通你和对方，忠诚合作，那个关系是美妙的，之后如何已是之后的事了，不再信任就各自上路，没有甚么大不了。错信他人也是一项教训，能学懂之前不懂的，就没有甚么好惨，但太多人被一次不愉快经验影响，拒绝再信，那就不大值得了。

回香港后的数个月，每在睡房的长椅上工作，白天总会看见鹰在飞，以前的住所都会见到，但不常见，可能一个月两次，但这一次回港后，只要坐在窗前，几乎次次都能见到牠在飞，可能不是同一只鹰，但每次见到牠飞得这么近，无论是提醒我要继续张开翅膀，还是展示牠的自由自在，好让我心生羡慕，于是也继续努力……都是好的。我庆幸做了这样的联系，鹰永远不是联群结队的飞，单身上路却不觉孤单，有时遥远的另一只前来会合。据*Shaman*的说法，能见鹰在飞，是好兆头，甚至是鸿鹄将至。我没想得那么远，只觉跟牠是同类，有朋自远方来，不亦乐乎！

正午十二時的太陽，気溫幸好不是太高，，但因為海拔高，距太陽的距離近，由谷底爬上山腰上車，彷如萬里長征，再世為人。這是第一次感到有点腳軟，甚至暈眩，、這一天晚上我們要做Ayahuasca的仪式，要斷食，、早餐以後已

不能吃，亦不会有午飯。離開Pisac山，下坡就是Pisac市集，团友兴致勃勃的下車購物，我就跟了Raul去他的朋友Carlos所開的Shaman Shop看看，東西一点也不便宜，但十分精美，七彩的羽毛，買來當頭飾，也買了古董的羽毛織塊，好臭，但十分漂亮

而且只此一塊，不知該怎応用，Raul即刻將它縛在我肩前，另一塊則縛在我的頭上，原來是七彩頭帶；他說：「你要買這个，、你剛才一戴上有陣光，像前世是High Priestess，、你應在Lake Titicaca的月亮島上戴著！」

當下呆了一秒鐘，這是第二次聽到人說我是High Priestess（上一次是魏紹恩十多年前在《明周》寫過我是流行文化的High Priestess，if i played the cards right）:)

没有午饭吃，我们来到一个叫*Uno Orqo*的地方进行仪式，*Uno*是水，*Orqo*是山，这里又有一间用石头搭的圣殿，虽然较有组织，但同样是通天的，就在这个没有盖的圆石围中我们要换上白衫白裤，换好衣服后，才发现*Carina*换了一袭很漂亮的白丝裙，然后人人说她是个新娘，七嘴八舌之下我才发现，这个仪式原来变成是他们的婚礼。因为睡眠不足，加上饥饿，也不大理会为甚么一团人的仪式会变成两个人的婚礼？为甚么人人都好像知道而我不知道？没有心情问，同时也知道不会有答案，但感觉就明显不大好，明明是人人平等的仪式，却变了绿叶陪衬，再一次证明心不开放带来抗拒封闭，不一 开 — 心本来就是这个意思。

一路上又要摘花又要围圈祝福新娘子，我都不投入，状态在勉强与抽离之间。当领队说我们可以把衣物留在这间圆石围，我连相机也留下了，只带了只小小的口袋装相机。男的在另一所没有屋顶的石围殿换衣服，所有所谓神圣的地方不是无中生有的，它们要符合四大元素条件——有风、有火（太阳）、有水和土。地点要四大元素排列成一线，不是因为方便或漂亮。

图 | 新娘带领被蒙眼的准新郎；两个人一起走，是互相引领、互相扶持。

仪式要开始了，他们在石堆泥地上摆开一个像祭坛的摊子，我拿着花束靠墙边站着，太阳在墙后晒着后颈，心不甘情不愿地捱眼瞓，没想到——有好几样事令我很感动，上天再一次给我好看。婚礼是一个仪式，仪式都是象征，好协助我们准备自己，像有些人每天醒来必须先喝咖啡阅报才能开始一天，也是一种仪式。*Shamanic*的婚礼也用戒指，指环代表没有起点，于是也没有终端，爱不断循环，现代人却将之演绎为将对方箍着。*Shamanic*婚礼选在有灵气的地方举行，而且每一项仪式都有它本身的意义。

首先蒙起新娘的眼睛，然后准新郎拖着她的手带她漫游山头，同一形式再做一次，不过这一次由新娘带领被蒙眼的准新郎。在这个简单的仪式中，二人充分和彻底地感受到跟对方一起的责任，万一他摔交或受伤，是你的责任，但同时两个人一起走，是互相引领、互相扶持，没有一言堂，没有谁永远都对，没有谁永远要听谁的话；另一方面你要信任对方，因为如果不信任，随时摔倒。这个仪式最美之处就是大家的角色是平等的，既是凹又是凸，两个人在一起就是寻找凹凸的组合，而且永远是现在进行式，今天凹凸，明天可能是凸凸，有几多人明白二人世界是有机体，每天都衍生不同图案？这仪式叫我感动。然后两人走到千年泉口，用杯载流水，敬天敬地天人合一诸如此类。我最喜欢的是仪式主持人用一大抽瓶瓶罐罐的东西把两个人捆绑在一起，初时我只觉得稀奇、古怪，直至后来才明白个中的象征意义（见下文）。新娘新郎被捆绑在一起，不用宣誓，主持仪式的人不断给他们一些东西，指环以外就是一黑一白的心，代表阴阳两种力量的结合，互相珍惜，互相支撑。

Wedding Specials:

樣子平平，吃下去卻很美味的乾麵餅。

儀式完結時，當地人戴著小羊來湊熱鬧。

左下木飾內盛了米，搖起來沙沙作响，是助慶的道具。

图 1-2 | 在两个人身上剪下来的东西，及自选的心石。

宾客在婚礼中不只是观礼而是要参与的，像主持人请我们往摊子前，在一堆预先准备好不同颜色的心形石中挑选一块，当每个人都拿着心形石之后，主持人就说每天将你的爱注入这块石，当你感到时机成熟，就将它送给队中任何一人——这是练习无条件无系缚无附属式的爱（*non-attachment*）——挑选石头的时候大抵是会选自己最喜欢的颜色，拿到手了，但原来这东西并不属于你，将充了爱的它送给其他人，可能有一天它会再次回到你的手中，可能不，但我们会因这象征而明白能爱就足够，不需要拥有，喜欢但也可以放手。

我最喜欢的部分是这个：差不多接近尾声，当准新郎新娘完成了结合仪式，宾客就一个一个上前祝福，同时主持人会递上一把剪刀，请你从新娘新郎颈上的大抽瓶瓶罐罐日常小品中剪走你喜欢的，这是一个相互交换（*reciprocity*）的象征，你对新人祝福，他们亦给你回礼，中国人也有这种习俗，不过现代社会的现实令人情像一种手续多于祝福。当宾客拿着小剪刀在两个人身上剪下一些东西，其实也象征了跟别人分享得更多，身上的重量就更少，负担更少，也就越轻松。

被宾客剪走瓶瓶罐罐之后，也就象征这是结合而不是一种捆绑，两个人都有自由离去，两个人选择留下来是因为他们选择了爱和留下来，而不是签了合同要对方偿命填债的那样偿

PAUL & CARINA
UNO-ORQO
WEDDING - SUDDENLY
W
S
W
F
E
LOVE
W
S
W
F
E
LOVE
SPIRIT
THINK OF THE WORLD
YOU CARRY WITHIN YOU.
• Rainer Maria Rike •

还。我觉得城市中人如果都经历这样的一个启动仪式婚礼，不久又再续启动的话，离婚率应该会大大减少。其实保罗并不知道*Carina*为他准备婚礼，他们是有谈婚论嫁，但在启程前几乎到达分手的阶段，一路上的所有的显示（*revelation*）都指*Carina*是保罗的守护天使，是这段关系中较强的一个，她静静不作声，却支配整段关系，因为爱，她没有强行要那男人做些甚么。

最讽刺的是新郎在仪式上讲到流眼泪，说："你们是最好的人选跟我分享这特别的时刻！"但回到酒店，大抵是新落成的关系，相连的四间房的电脑门匙全部失灵，保罗跑去接待处（很远），大家都以为他会让接待处知道四间房的门匙都出问题，或给我们拿门匙，怎知道他回来只拿着自己的门匙，完全没有要帮其他人的意思。三十分钟前才流眼泪说这个世上庆幸有你，这一刻就自己顾自己，叫人啼笑皆非！住新加坡的香港仔自动跑去替我们拿回新的门匙。我不敢说新郎虚伪，人本来就注定是不完美的，学习别人在大多数情况下并不是我想象那回事，也是学习接受这世界。保罗可能忘形，或者大受刺激，或者根本没有那种自觉，或者是文化差异……是甚么不重要，反正我已学了要学的。

图 1-2 | 回程在车上主持人给我们抽纸牌，我抽到了这两张。

Dear Sandra,

几經考慮，我还是覺得寫信給你比當面說更好，其实一直都想跟你說，但又不好意思，但昨晚的事令我覺得旅程漫長，大家要是抱着偏見或不滿上路，实在不痛快。旅程緊湊，有時晚飯和休息時間被壓縮或推遲，我明白；但是我也得告訴你，我的身體並非一般人的正常狀態，兩年多前患上癌症，大難不死，但得小心料理照顧，所以照顧身體的需要是當務之急，可是我不想將这个原因告訴整个團隊，說到底這也是个人私隱，但你是領隊，你知道的話，可能会有更妥善的安排。已經脆弱的身體如果經常挨餓、挨夜，我怕受不了折騰，撐不到整个旅程完結。

我明白團隊要有團隊的精神，不是个人意志先行，得尊重其他人的決定，而來一个民主的總決，尤其是我們這些明白能量的人；事实上去年在印度也有差不多的情況發生，他們愛在月圓夜深宵打坐，短短七日的印度之旅令我身體反覆出現輕微復發的現象，幸好及時控制，但我總不能每次都將身體狀態推到底線。

我要求的不是你对我的額外照顧，而是希望你能讓我有額外的空間，如果我需要回房休息，晚上不再跟大隊活動或等不了大夥而要自己先進食或不跟大家食，希望你能體諒，我只需要這些自由。至於早上的morning call，我自己会懂安排，因為房間只有我一个人，手腳快並不需要一小時準備集合，所以你不用替我定響鬧，我自会準時出現，希望你能體諒我的情況，明白到每个人的需要不同，我也希望盡量配合大家的一致步伐。

謝謝

winifred

三十八小时前。*Ayahuasca*（音：埃吔哗*sca*，蔓藤植物）。

我其实是颇为期待的，不少外国朋友推荐："如果你到秘鲁，一定要试*Ayahuasca*！"新郎保罗吃饭时谈他的*Ayahuasca*经验：太奇妙了，所以今年要再做一次。空了一天肚子，烈日当空的暴晒，经历婚礼，竟然没有中暑、头晕，只在婚礼上吃了干面饼，为的，是要准备身体，参与*Ayahuasca*仪式。

*Shaman*的世界观是大自然一草一树一石一木都是有生命的，有生命的东西就有精灵（*spirit*），有精灵的东西就可以跟有精灵的我们结合——《阿凡达》电影的潘多拉星及其族人就是撷取了*Shaman*的精华而将之戏剧化，潘多拉星族人跟异兽的结合，尾巴的连接当然是象征，也在我们的意识中开了一道门，就是我们可跟万事万物连接，用的是心和能量，不是

肉眼所见的东西。*Ayahuasca*被誉为有智慧的精灵，一般情况是比人类的智慧较高，所以可以引领我们，但是做*Ayahuasca*可能会有很强烈的反应，所以参与之前，你会不停被咨询，通常被劝喻："如果只是纯粹想看看有甚么反应，就不要做，因为精灵不是为你表演。"我明白有些人对大自然无半点敬畏心，这些人是需要被劝喻的，但我觉得想经历一些未经历过的事情，也是有心——只要抱着尊重的态度，好奇心不应被看扁；当然，足以令我们冒险的，通常是好奇心以外还有一点甚么，"我想做"和"我要做"之间的那一点甚么。

话说回来，我做*Ayahuasca*的反应不是很大，我是第二个上前拿杯的，它是将*Ayahuasca*这蔓藤植物辗碎，然后调为饮料，饮了之后每个人的反应都不一样，有些会晕，有些

会吐，有些看到非现实视象，有人认为那是幻觉，所以称*Ayahuasca*为致幻、迷幻植物，吸引不少西方爱玩的人来尝试，以为是兴奋药，这是误会。它绝对不是像大麻那样的天然迷幻药，而是有智慧的植物精灵，有净化心灵与身体的能耐，在你的许可下跑到你的身体中，跟你合作做一些它认为对你是好的事，例如让你看到一些画面，或令你有一些官感，最重要是让你知道自己原来这样那样——也就是说，你是完全清醒的。

*Ayahuasca*的味道还不错，可以接受。仪式在*resort hotel*教堂后的花园进行，星空灿烂，星大如斗，在草地上躺了四小时，昏昏欲睡之间，只觉草地又湿又冷，偶尔听到其他人的轻

微呕吐声（并不骇人，不是那种醉酒呕吐的乱性声音）， Shaman从旁指导协助。我感到寒冷，奇怪的是手和脚明明都很暖和，那是从心脏附近透心而出的寒气，在右手右胸位置不断渗出来，想必是毛毡吸了草地的湿气，穿透身体而来，没屙呕。仪式由七时半开始，其间问了四次可否让我回到房间，我是第一个离开，回到房间大概是凌晨一时半，感觉就好像练完功，肚子要排走一些气。一觉睡到天明。翌日我们离开前往Cusco的另一边，所以分享会也在Cusco的酒店进行。舟车劳顿搬行李上上落落，洗澡完毕，摊在床上不懂动。换过衣服干干净净走到分享会，已是晚上七时半。如常地我是第一个主动提出分享的人。

“没有任何想象中的反应，大部分时间只是感到很冷，尤其是右边身，寒气是由体内透出来的，眼睛在开合间，看到星星很大，像3D电影那样，像看到星星坠下来，然后才意识到，啊，不是，它们还是在天空上！中间有好几次坐起身，松松手脚和饮水，看到植物前有一些黑影，像是电影中那种死神——披着斗篷，斗篷的帽子盖得很低，没有面孔，蹲在植物前，好几个黑影幢幢，跟大家那些又飞鹰又上火山又七色彩虹仙子般的美妙很不一样，我的体验十分平淡，最强烈是那些星星的光芒，像跟外星联系，或外星人要来找我。”Raul和Manco用西班牙语评论，得到英语翻译：3D的星星影像是我跟宇宙的联系，而黑影幢幢的植物是我跟Ayahuasca的联系，Ayahuasca也在打开我的意识，不过我不够开放—也许我还没有准备好，在互相信任的情况下Ayahuasca的精灵可以打开神经元（neurons），扩阔意识和头脑，而我，是惯常的“好奇，却又存疑”地摸着石头过河，不是100%信任，我是信自己/亲身经验的门徒。

Raul和Manco继续说：“我们两个人都看到有些能量离开了你，大概在你生命中某些时刻一些abuse发生了，现在离开，因你已经准备好改变，当那些能量离开了，你整个人平静下来，你的higher self知道已完成，所以就求去。”第一次做Ayahuasca就像是第一层的净化，做的次数越多，Ayahuasca给我们的也就越强烈有力。它是孕育意识的母体植物，所有的呕吐和沉痛都是关于你愿意放手的程度。我们既然选择这个旅程，也就是一种准备改变的意识，只不过表意识不知道怎样开始或如何入手，就像来自香港的Christine，六十一年来从未试过如此呕吐，但那个晚上她说像将毕生积压的压力全都吐了出来，坐在椅上的她很酷，慧黠、清晰、强，就像重生一样。我心想如果用四个钟头将六十年来的压力一下子释放开来，都几化算！虽然辛苦到呕！

分享会七时半开始，到了八时半我已经又饿、又困，因为我已经分享了，下一步就只想吃和睡，很有礼貌和耐性地等到九时，不得不提出我真的饿了，我不是要这一刻就吃，但请你告诉我安排将会是怎样，如果要待整个分享会完成，恐怕是午夜，我会挨不住。领队提议不如我们叫一些简单的三文治、热汤或意粉的东西一边吃一边继续分享，我十分赞同，谁知却惹来墨西哥人*Hector*的不满，他铁青着面的提出反对：“我不知其他人是怎样，但我觉得这个分享会是很严肃很认真的，不应该是一边吃一边谈的。我惊讶有人会觉得吃东西比分享更重要，我觉得我们要尊重这个仪式，我到这个旅程来要得到的东西，我是真的很认真……！”他的英语不太好，其实我不是*100%*知道他在说甚么，但却*100%*知道他不满，又知道他*100%*地认真，我惊讶于他的惊讶，为甚么吃饭比分享重要……饿，就甚么也做不成，可能我是中国人吧！吃不饱说甚么也没有用。

跟不同国籍的人结伴就有这些意想不到的“惊喜”，只是很简单的吃饭安排，怎知会惹来这么强烈的反应。肚子饿是一种生理要求，跟不尊重他是两码子的事，我肚饿不代表我不尊重他，他不让我吃才是不尊重我，如果闹下去，会是吵架收场。所以我没有作声，其他人提出了他们的意见，最后归结陈词：“我们点简单的食物，当食物准备好了，就暂停分享会，赶快吃完继续分享。”有时我们不明白别人为甚么对某些事情大惊小怪，但我总算学懂了，不明白不要紧，最重要是我懂得尊重别人的大惊小怪（而我肯定无数人也曾包容我的类似行为）。每个人都不一样，他能挨饿我不能挨，所以我也别指望他能明白我的痛苦，我亦不会知道一个分享会为甚么突然间会变了一种神圣聚会——我们的身体也很神圣吧。神圣是一种*state of mind*，他认为他的*Ayahuasca*经历很神圣，他不希望我们是一边将薯条蘸到茄酱里然后放入口一边听他的分享，他希望别人“尊重他”，他要得到那种神圣的感觉——我虽不认同，但也得尊重，接受每个人都不一样。

印加文化的宇宙观是galactic的，一早已超越以地球为中心，唯银河是瞻。

最後一天在Cusco，領隊安排了當地導遊帶我們去看市中心。但是遲了三十分鐘，大家對這位嬌小玲瓏、打扮趨時，但大部分時間不知道自己在說甚麼的小姐充滿疑惑……市中心遊都未到一半已經有一半團友自行去找吃的，大家已在Lima看過更宏偉更久遠的教堂、古蹟……看過完美入榫的石頭之後，大家覺得是反高潮而選擇了自由行。陽光非常炙熱，我逕自走回酒店。在酒店門口某店買了大批手造的手信，付賬時才發現嬌小玲瓏的導遊原來是店老闆的老友，二人雞啄唔斷，我一路挑選一路聽到兩個女人在嘰哩咕嚕，卻沒有為意她就是她。回到酒店叫了安全的公司三文治和檸檬汁，就開始做一套瑜伽和寫日記，已經沒有打算出外……約了Coca Leaf Reading——我不知道是甚麼——只知道可卡葉可用來吃、防止高山症，用來沖茶非常美味，可幫助睡眠，增加維他命及抗氧化，卻不知它也可以用來占卜。

這石頭是名勝！

手信

早两年跟英国人*Helen Forty*学习占卦，她说用的不论是塔罗牌、颜色石头、茶叶或水晶，最重要是这些物质其实是将你的脑袋、心智、注意力引开了，让潜藏最底层的真我直觉出来，因为大部分时间我们都被逻辑、思维这些东西掩盖了自己的真实感应。不过*Shamanic*的*Coca Leaf Reading*则说是可卡叶的精灵（*spirit*）层次比我们高，所以能看到我们未看到的东西，予以辅导；换句话说，可卡叶也像*Ayahuasca*那样，是有灵之物。

还未吃清碟上的薯条，领队和*Raul*前来拍门，房间对着小花园，烈日朝阳瞬间变成雷暴和大雨。*Raul*认真工作的时候不苟言笑。房间有两张床，一张是没有人用的，他就在那床上摆开可卡叶阵，包括红布和一袋可卡叶。

他叫我挑出九块可卡叶，挑了一些，他打回头说："再挑过。"我不知挑选的准则应是甚么？是感应强烈、叶子要翠绿、形状要很完整，还是叶身要够大？在没有准则的情况下，我不太肯定地选了九块叶交给他，他将叶整理叠好，然后吹一口气，将叶散在布上，跟着用西班牙文诠释，*Sandra*在旁边用超轻柔的声线翻译，我想这时他们都进入了某种状态。

图 1 | 酒店房间外是个玫瑰花园——本来是得到冷巷，但冷巷有工程，不能睡，换了房之后却得到玫瑰花。**图 2 |** Raul 认真工作的时候不苟言笑。

“可卡叶说，第一件你要做的事就是知道自己是谁—— 在一个内在的层次。你有的不是甚么困难，只是考验和挑战，而那挑战是要测试你是否准备好踏入下一步。最重要是从你将要离开的这一切中，榨取所有教训，因为你所经历的一切挑战与教训都是最好的学校，你将要把这些经验用来帮其他人。挑战最主要是你能否相信自己，*100%*地相信自己。”

“有两件事正朝着你来，第一就是美丽的爱，不知你是否为意？”（她译*beautiful love*，我听到*Raul*说*el amor*已经笑了出来，他强调*una grande amor*），“这几年很多人跟我说过爱情即将要发生，但是并没有发生，或者发生了的都不是那回事，后来我知道为甚么未发生，因为还没有准备好，要学的东西太多，还未到。当中经历了期望、少许失望、再期望，但是程度不断减少，到了这一刻没有期望，要来的时候就会来。”*Sandra*又用一轮西班牙语将我说的翻译，到*Raul*又再说一大轮西班牙语：“他说当我们有期望，其实就是把门关上。”“我知道。”“如果你能拿走期望，像这是生命的最后那样活着和付出，最迟明年头这个人就会来到你面前，他真的正在等待。继续生活，不要想，好像你完全不知情的那样（笑）！”

“你今生的挑战不是钱，你从来都知道如何创造财富，需要的时候钱就会来。虽然这不是你今世做人的大挑战，但为数不少的钱正朝着你来，你想不到它从哪里来，它不是给你个人享乐用的，当它来到的时候，你自然知道用它来干甚么。这是概括性的，你现在可问具体的问题。”我不知道原来可以问问题，心情和状态都没有准备，空白之中笑了一笑：“是的，大部分的问题都是由不够信任自己开始。”

“我出过两本书，成绩不错，不知为甚么筹备第三本书会感到这么大的阻力，我猜是某一种恐惧吧！一方面我想写一些能帮助他人看得更清楚，得到更多的；但另一方面又感到市场未成熟，读者未必能接受。因为不肯定，所以很犹豫，做了很多笔记，犹豫了两年。”“*OK*……哦，他不需要翻译。”*Raul*侃侃而谈，在连串的西班牙语中，我不停听到“*corazon*”（歌拉桑），可能因为有菲律宾总统以此为名易辨认，也听到“*la mente*”，*Sandra*望着我说：“你大概知道他在说甚么。”是的，只是大概。

“你的注意力去了市场和读者能否接受这些问题上去，阻碍了一切的流露，因为忧虑，能量被阻挡了。你有很多东西可以贡献，很多讯息要透过你出来（*channeling*）——当我说这句话的时候，我全身鸡皮兀突[注]——但同时你也有一个很厉害的脑袋（*powerful mind*），想着别人想看甚么，市场能不能接受……不！你要容许讯息透过你而来，写写写！不要自我审查，甚至不要想这是第一章、第二章，总之就是写，写到没有东西再出来了，才整理手上写好的一切，你甚至不需要费心思量这是否*spiritual*，因为你的*spirituality*已是你的一部分，你只需从心出发，用心写，不要用脑写，甚至学习用左手来写，因为右手连脑，左手连心。”

“这一切我都知道，只不过未足信自己到一个程度去做（笑）。”他们以西班牙文再讨论一些事，我想告诉他们：“虽然行程只开始了几天，即使只是一小部分，我已感到每天对自己的信任正在增加。”他们继续叽里咕噜，然后*Sandra*才说：“他在提议替你做一个仪式，我在想可以在哪里抽到时间，在哪个地方进行，如果有机会的话，只为你一个人而做，将你的自爱之门打开，因为自我信任来自爱自己。”“我知道……我其实已在这题目上下了几个月功夫，也感到这是时候有下一步。”“其他问题？”

“也许问多一点你刚才提到的两件事，有没有更多资料？”他又再拿起可卡叶吹了一口气，将它散在红布上。“这是关于钱的，有三个阶段，第一是你有与生俱来的创富能力，第二是你同时亦有很好的花钱能力（大家一起笑），你要学懂平衡，创造平衡，你很努力，你的钱不是天降下来，不过你花钱的时候也很疏爽，像用之不尽的那样——这想法很好——但最终还是要回归到平衡。第三是你会继续得到钱，而当你开始为他人服务，你得到的将以倍增，从事帮助社会的工作，你会做得很好，当这样的机会来到的时候，它会直达你心里，这就是金钱于你的三个阶段。”“数个月前已经有人告诉我，我会有机会从事慈善工作，尤其是*empower*（帮助）女性。”“*Yes*！那是你的专长，你是一个很有力量的女性，这亦是你的天赋，我们一开始已经说，你的经历都是要准备你日后反过来帮助经历同样痛苦的人，尤其是女性。就像我也患癌，我经历了之后，我可以透过我的经历去帮助或鼓励其他有同样处境的人，因为我知道一切的心理生理变化、各种情绪的冲击。”

当她说“我也患癌”，我的心下陷了一下，对她突然有了新的认识，距离突然拉近，那信是写对了。“其实一路都隐约知道为甚么我的苦难总是比同年纪的人多，因为要经历得

注 | “I am having goose bump when I say this”，通常是指经历强烈的感应。

多，才明白更多，要帮人的时候，就有更多的资源去体会他们的处境，感同身受了，就能告诉他们不是唯一一个这样子的人，帮他们看到隧道尽头是有光的。”“*Perfect*！还有没有问题？”“*L' amour*？”她更正我：“*Amor sito*！”欧洲的语言同是拉丁根，不谙西班牙语的我有时说说法文，南美洲说西班牙语的人都会明白，虽然可能得啖笑，但能沟通就好。*Amor sito*，*OK*！

“你的爱是很实在（*solid*）、很浓缩（*compact*）的，很多人喜欢你，想亲近你，但你不想让他们进来。”“唔——是，也不是（笑）。”“不是？”“我的生活大部分时间不是见很多人，但是一见就见很多人，很不容易遇上一两个有特别联系的，可以继续发展，但他们会有很多顾虑，有嫌我不是*nobody*！又有觉得我似乎可以一个人做到所有事而活得很好，他们会觉得自己不够好，男人有很多隐忧（*hang-ups*）。至于你说的不让别人进来，唔，在我的表意识肯定不是这样的，潜意识吗？我也正在逐步抽丝剥茧，看看自己是否真的有这样的抗拒（*resistance*）。当然亦有人告诉我，我生命此刻的人其实是我的儿子，所以已经没有空间让多一个人进来。”

“你可以让别人进来，但是你也有自己的一套，不大愿意妥协，令对方都感到舒服。”“其实对方也是一样，到了某个年纪，有某种程度的成功，在很多方面都能够照顾自己，要让另一个人进来，改变一切，足以引发恐慌，所以我不知道你有没有任何提议？”

一轮西班牙语交流。“不要忘记可卡叶是很有智慧的，它说要来的人是很特别的，当然你可以说这是命运，要来的就要来，不能控制它，但你起码都要作出一点努力，起码要去开门吧，门打开了，令对方感到受欢迎，可以舒服进来，而不是惊到想走，给别人也给自己机会，你会知道的，因为你会感到很不一样，那种联系是不平常的。”

“噂！这是最难的，因为不知道平衡在哪里，改变得自己太多，有一天会反弹，因为这不是真我，而是为了讨好某人而改变自己，我相信我已过了这个阶段，只希望可以舒服地做自己，跟另一个人相处，这也是我写信给你的原因，因为当我将别人放在首位，虽然很努力，但到了一个地步，自会感到委屈、辛苦，甚至窒息；但当我将自己放在最前或只为自己而活，就是把门关上了，这个平衡是很难的。”*Sandra*一边翻译，窗外一边雷电交加。“对别人开放，就是要告诉对方你需要甚么，你想怎样，就像你给我写的信那样，你需要休息，需要吃饭……你有你的身体限制，你是对我完全坦诚，读你的信我的心感到溶解，完全同理心（*compassion*），这就是你需要对男人做的。

“当你知道那是一段认真的关系，你可以让对方知道：这就是我，你可以接受或不接受（*take it or leave it*）！我完全明白到了人生某个阶段，真的没有必要改变自己或努力想着改变对方，我们都知道这是行不通的。*Claro*！一开始就将牌都放到台面上去！这也更省时间，如果对方觉得可以接受，这个人就是可以留下的那一个，如果对方觉得受不了，*great*！就不是他，也不用浪费时间，多谢，拜拜！而且这么坦白也是很可爱的。”“我一直都开门见山，但坦白改变不了对方的 *hang-ups*或自我形象，好明显他们不是对先生，但问题是为甚么我老是对上聪明的错先生？这其实反映了自己的状况，也许我也有隐忧（*hang-ups*）或自我形象的问题，总之未够*claro*！所以就知时辰未到，因为我仲未得。”

“还有问题吗？”

“想问一下关于*Charity*……可以问更多资料吗？例如时间，是否一个人做？我隐约知道那是甚么，但一切很模糊。”

“*Raul*说你已经知道那是甚么，你将是这个组织的中心，当你这样做，其他支持就会出现，有同样看法的人也希望成为一分子，你将你相信的写出来，写作于你是万有引力，是一件好事，可以令你*manifest*得更快，吸引相同理念的人聚在一起，齐为一个愿景努力，但是一切要由你开始。”“我的感觉是这是关于帮人学懂爱自己，我一直在想第三本书是写‘如何从生命中得到最好’，很多人对‘最好’都有误解，包括以前的自己，以为是钱钱钱或别人的爱爱爱，但事实并非这样。”“当然不是这样。但帮人看到生命的最好并不是一个*cause*，而慈善事业都是关于*cause*。”我瞪着眼，发出问号，她答：“你已经有了，帮助女性怎样找到自己的能力与肯定，一切都是由爱自己开始。”“我已再无其他问题，你们有没有补充？”*Raul*说：“我沒有東西要告訴你，我只不過是將可卡葉要說的跟你说。”

Sandra：“他反而想问你介不介意告诉他癌细胞块在身体哪里？因为有一片叶留下，他感到有一些状况。”“在这里，唔，这是做第二本书时心力交瘁，一照已经开始扩散入肺，我最终没有选择西医，医我的人花了数个月就将扩散的情况收服，很快我就

能活动，但是原块头的情况一路在拉锯，因为我不能不工作，每当辛劳工作或飞行，各样细菌的感染，情绪高高低低，原块头又会蓄势待发，治疗没有停，但劳劳碌碌，好两步一劳累又退半步，但整体是倾向复原，我十分肯定这命不该绝，还未是时候，所以过了一段日子，已经释怀，能做几多就几多，我已尽了最大努力，这不再是致命的，甚至不影响生活，但当我休息不够，例如这几天舟车劳顿或去年在印度，就会好辛苦，所以我要很小心照顾自己。我尽量表现正常，也不想告诉别人我有状况。”“剩下的原块头是你的老师、你的教训，有一天它会根治，你说得对，你不会因此而死去，当然有一天你会死去，但不因为这个！在这一刻它是你的*monitor*（监察者），可卡叶说，就像小时候有母亲在旁边说：‘这个不能做，不可以这样！’现在的你自给自足又独立，不再需要任何人告诉你应该这样或不应该这样，于是你的身体和潜意识就创造了它来告诫你危险在哪里，不能再前进，要停下来。当你可以真正认识自己、爱自己，不再对自己做成倒戈相向的伤害，可以平衡的时候，你就不再需要它，当你有*total alignment*（表里如一，身心一致），它就会自动消失。

“一开始可卡叶就说你有的不是困难，而是考验，不是每一个人都有这种考验，要做大事的人才会得到这种考验。*Raul*说他很高兴你能跟我们到玻利维亚，因为有好几个地方正正可以净化你体内的不纯正及接触你自己的*femininity*（阴性力量），当你感到自己不再需要*monitor*，真正可以自己引导自己时，*Raul*提议你将可卡叶送回*Lake Titicaca*，你将会有好几个机会到那里，下星期我们会到，然后在玻利维亚也就是湖的另一边，如果仍未准备好，上飞机回家前仍有机会。”

*Reading*有时就是这样子，如果抱着求占问卦的心情，恐怕要非常失望了，因为他们说的大部分我已经知道，其余不知道的，到发生（或不发生）时就知，只是见识过了，知道甚么是*Coca Leaf Reading*，而且被陌生人理解鼓励，始终是一个良好感觉。因为要把这个章节写下来才想起这九片叶子仍然留在我的*Miu Miu*荷包里，翻出来叶子没有怎样干枯，可卡叶的香气扑鼻，碰巧这一天又下着雨，让我返回那美好的，被支持、被鼓励的状态。

图 1-4 | 四局叶阵，是 Coca Leaf Spirit 的四个引领。

踏入南美国度之後，只聽到一次广東話，地点是Moray。Moray，官方的說法是印加文化(Incan)的農業实驗室，即是在很多很多年前，他們在這裡用特别不同的建築方法結合水利與梯田，作出各式各樣多產而又多元的農耕。另一層次呢，外太空隕石於數百年前撞擊這个地方，留下兩个痕跡，據Shamans的說法，左边的凹陷是陰性 LEFT. ⊖ ⊕ RIGHT. 右边是陽性，也就是大地之母。肉眼所見，右边梯田一毛不拔，只有綠草和石堆，相对地「貧瘠」；左边的梯田呢，光是綠色就千变萬化，又花又草，連薯仔也有，我在那裡就換了一个紫色皮的白薯仔。外星人來到這地方，似乎不為侵略，而是將更高的知識和智慧帶來——這起碼是當地人的信念，十分尊重這个隕石撞地球的地点。

一下車就聽到斯文的广東話，我轉頭搭訕：「你也是香港來的？」对方是中年男子，很有礼貌地回答：「我們從前住香港，現在住温哥華！」也就解答了我的疑問：：典型香港人不会山長水遠帶着老婆仔女坐車來到這些不是主題公園的地方度假，放假去看印加文化？梯田？外星人着陸之地？而且沿途無啖好食，萬呎高地無片驛。在下車处往下望去，足足有寶馬山那麼高了，可是走下去卻只是15分鐘的事，圈與圈之間有三、四塊石梯連接，←完全入榫，由石頭原身向横伸出，堅固非常，到底是誰做(造)的？

图丨秘鲁 Moray。

印加文化最出名的是它的宇宙观和建筑学，不少所谓南美神圣之地，其实都是印加遗址，例如它们遗留下来的水道，无论是天旱或暴雨，总是源源不绝地流着同一水平的水，一流数百年，引来不少工程、建筑师来观察学习。圈外有圈，是所有成长的模式，圈圈不只越来越大，也越来越高。在一个精神的层次，*Moray*是我们意识（*Consciousness*）的象征，意识是可以不断地扩张的，跟个人成长同步，当意识越是宽阔，明白的事情越多，看到的图画越大，也就是一种大场面。

当你只有一圈，那圈就是你的全部，对有些人来说，那是家庭，对另一些人来说，可能是男（女）朋友、工作、金钱、购物。常听人说“不ｘｘ就会死”或“没有ｘｘ就会死”，就是因为圈太少，没有选择。当意识圈扩张，同一件事多了深度、阔度就会有不同的看法。没有人能判断自杀的人是否自私，只是他们在那一刻被困住了没有选择。所以对自己好，其实是有责任将自己的圈圈不断扩张，也就是将自己的意识提升扩大。

像大部分的香港人，初出茅庐的我认为人生最值得追求的是丰盛物质享受和轰烈恋爱，但是当日子过了，得到我所追求的之后，路继续行，看的东西多了，经历的事物深了，就发现这一切我曾经认为“没有就会死”的东西，其实只不过是世界或生命一个很小的部分，不

足以界定我的个人价值。我是谁，反而是由我的选择和行动组成，多于是我拥有甚么。举个例说，当环保不再只是一个口号，而是深深植入生活的意识，每买一件新的东西，甚至别人送的所有物质，也开始会有不同的考虑。从前是“越多越好”，现在是“够用就好”，不想将自己的享受建立在地球的负担上，当我买得更多，世界工厂就要生产更多，对环境的破坏就更多，这就是意识扩张后，反过来影响我做出一个更好的决定。也不单单只是物质，当圈子只有一个或是很小的时候，很容易会自我中心，即使扩张了一圈半圈，也只是跟同声同气的人在一起的“小圈子”。当你能打开自己的防线，接受你原本认为不能接受的东西，人生会很不一样。

我的经验是，主动挑战自己是最好的方法，次一等是接受挑战，再次一等，由外来事物冲击你从而作出改变和成长，这是较为辛苦的做法。例如看不到自己生活上的一些不平衡，那些不平衡会造成疾病，甚至意外，到病倒或意外之后才看清事物的本质，意识因震撼而扩张，不是太迟，不过代价就大得多了。所以主动出击挑战自己是最直接和有效的方法。少年时代觉得小圈子非常有型，人越大越看到“不能没有”的掣肘和“没有不能”的魅力：没有不能接受的人，没有不能没有的东西，是一种通达，也是一种长袖善舞。如果可以选择，我们都会选择活在大场面，大场面就是将自己的界线不断推开推阔推高，不断成长。

图 1 | 梯田每级“梯”比人还高。**图 2 |** 入榫石梯。**图 3 |** 左边的梯田又花又草。**图 4 |** 紫色皮的白薯仔。

对秘魯Shamans来說，西班牙天主教是霸权，十字架也变了殖民象徵。

另一方面，南美傳統文化結合西班牙文化卻有独特的美態。

「媽咪，我要食雪條！」

一直我都相信坦白是最佳方法。朋友笑笑口勸：「也不用這麼坦白吧！」我完全明白坦白有時令人不舒服，那是我未懂得用較佳的方法來表白我的坦誠，是溝通方式有問題，而不是坦白有問題……我從沒有想过要改变坦白這優点，只需要学習改良溝通的技巧。為甚麼我這麼肯定？……每次真誠坦白之後，都会有一些好事発生，像是对我的坦白的肯定和鼓勵；而每一次當我害怕傷害别人感覺或怕不好意思，而不作声，或說些並非真心的說話，又總会遇上一些麻煩，好像是懲罰我不坦白那样。

我慶幸寫了那信給領隊……就在Cusco告别宴自助餐前她拉着我：「Wini，剛打了長途电話確認了房間，你可以有單人房，我只有一間，……你的狀況，你需要這單人房。」

—CENTRO ARQUEOLOGIE RAQCHI—

從遺址可看到先進的印加人的生活痕跡。

我感激地握着她的手千多万谢。其实我是不需要千多万谢的，报名时交的是单人房费用，出发前她才说*Puno*的*Solar Disc Activation*不够房间，所以人人都要跟人孖房。对我是有点打击，但细思十分钟，在*Puno*才四天，四天跟人分房还是可以的吧，所以才接受了退款。就因为跟她坦白说了我的健康状况，如今是整队人唯一获得单人房的！

早上七点多从*Cusco*出发，傍晚六点多抵达*Puno*。这天的第一站是*Raqchi*。甫下车见到很多游客，又是市集又有天主教堂，十字架处处，也有小店卖陨石和手工精致的披肩工艺品之类，但是一过了市集，走下去却另有天地，先是石墙遗址（*Centro Arqueologie Raqchi*），从*Shaman*文化来说，这幅几千年的遗墙是*Father of Creation*，其实这是他们的祖先印加族人（*Incan*）展示高超建筑技巧的地方，遗址可以清楚看到从前印加人的生活痕迹，这里是住房，那里是粮仓，如何储食物，过着自给自足的生活，当然这个地方又是尽收太阳天地精华。

草丛也饶有特色，一方面像鱼乡稻田，拐一个弯又像葡萄园的蔓藤，总之就充满着强劲生命力的气息。走下去来到三口泉，前面的人走得快，在等后来的团员，等的时候心急跑到泉口想滔水来饮，却被*Raul*喝止了，说要等齐人。齐人后*Raul*示范，原来这泉水不只是用来洗面或饮用，先往中间泉口净化我们的第三眼（*third eye*），然后用左右泉口净化我们的顶轮，顶轮的位置就在头壳顶，看他示范已有些瞪目结舌，想不到自己真的将额

這幅几千年的遺牆是father of Creation。

头、头顶放到泉口，让泉水冲洗的感觉会是这样震撼（*divine*）！一股净化的力量穿插身体发肤，不是冰凉感觉那么简单，这还未算，拐另一边还有一个二口泉，是*Dualtiy Water Holes*，*Raul*走过来低声跟我说：“你要喝这水，这是生命之水，可以洗清你体内所有的病和不平衡，饮几多都没问题。”我照做，没想过可以从水尝到生命的味道，我可以住在这里用这水泡浸全身！这仪式叫*Wira Qocha*，*Wira*是*Grease*，*Qocha*是*Lake*，但*Grease*不是油，而是水发出来的泡，水泡就是生命的痕迹，天加地是生命，再加上水就是创造的开始。

湿水后在正午猛太阳下不觉得热，反而觉得生命力将我填满，最神圣的是，水冲洗了面和头发之后，没有干旱的痕迹，我们这些习惯了涂护肤品的城市女人，对皮肤状态触觉敏锐，一般用水洗完面后，过一会儿皮肤就会绷紧，但这水冲洗之后，我一整天都没有觉得绷紧或干燥，反而觉得完全滋润，相对我所用的顶尖护肤品，都不能给我这个圆满滋润的感觉。

猛太阳下超过二十分钟无遮无挡，我们又要拖手围圈做仪式，但我的皮肤*UV*敏感一点也没有发作，一点红肿或痕痒也没有，这令我想起十五岁那年突然得了这*UV*紫外线皮肤敏感症，那年发生很多事，由港岛搬到新界、家里和学校都十分不开心，有幻听和幻觉，上课时不断有密码盖过现实的声音，外星人要吸我上飞碟——接近精神崩溃的一年，身体开始变得乱七八糟，在扣喉与狂食中摆荡来舒缓压力，突然一天就得了皮肤敏感症，在阳光下皮肤会红肿痕痒，超过二十分钟严重的话甚至会*white out*，眼睛看不见，因为血都去了皮肤，没能上脑，皮肤医生只是叫我避开阳光，病发就给我开类固醇的药膏。

图 1-3 | 水仪式——Wira Qocha!

对比眼前的我，如果扣喉是将生命呕出来，在这二口泉前不断翻寻味饮完又饮，就是吸回失落了的生命力，替身体修理、补给，饮完又饮的不只我一人，“乜都知小姐”直接整个人浸了水——我和她就是不舍这生命力！我感恩跟了他们来，因为当我们做这净化仪式的时候，其实已有两三队小型旅行团经过，他们都不知道这水该怎么用，有些只是伸手触一下泉水就走过了，深入宝山空手回，来到生命之泉没有拿一点生命能量同行。

依依不舍离开了“生命之泉”跟着上车，*Raul*有个朋友上车来卖陨石，我看见第三块形状特别的，已经决定买，*Raul*走过来说，这陨石可以吸走体内的不平衡，我握在右手，左手在吃阿拉斯加牌士多啤梨雪条（第一次吃有士多啤梨肉的雪条），后来索性放入衣服内，强劲的能量！我没有指望它能行使奇迹，亦明白人人都要吃饭，包括卖陨石的人和他的朋友，但陨石特别，拿上手就感到能量，亦是事实。

接着团友传来*Ascended Masters Card*，*Raul*抽出*Kuthumi*，*Manco*则得到*Jesus*，都是著名的老师，而我则抽到*Lady Nada*，因为不认识她，有点觉得不够劲，再抽一张是埃及的*Isis*，读下去非常感动，*Lady Nada*说：“跟某女性的关系有障碍，这是时候要面对和处理，原谅自己，原谅对方。”另一张*Isis*是平衡事业与家庭，“不要忘记为自己开辟玩乐的时间”。对很多人来说，他们需要提醒自己努力工作，对我来说，则要提醒自己记得去玩，让自己抖抖气，真说到心里去了。

车程很遥远，大自然不断变面，一会儿是小黄花青草地，一会儿是沙石与太阳阴影的转变，一会就是仙人掌与紫色蔓藤遍野。下午四点多钟，我们到达一个中转站，这里有一些当地民族人士穿上民族衣服，拉着他们的羊驼出来卖*Alpaca*，所有*Alpaca*羊毛织品都放在大石上，烈日当空下，大石后却是雪山之景，甚为超现实。

入黑到达酒店，酒店外观特别，红色的，像巴黎迪士尼乐园中一栋建筑物，怎知走入房间甚么也没有，当然没有浴缸，十分简陋。因为率先下车，快人一步跑去登记，获分*208*号房的门匙，机灵地立即查探*208*号房，对正大堂，会不得安灵，就拿着门匙希望换房，领队说："你要跟*Helena*（"乜都知小姐"）或*Hector*商量，所有房间都满了，只能跟自己的团友换房间"。正盘算如何跟"乜都知"和"分享比吃饭重要"这两夫妇提出换房而不会产生磨擦，还是先去看看*111*号房，其实也是一样简陋，正打算放弃，领队又说可以换了，但加一句："你知道我们能够有房已经很幸运"，言下之意我是有点吹毛求疵，我乖巧地答："我知道，我知道。"事实上也真的感恩，因为这四天*Solar Disc Activation*有数百人参与，所有的酒店都满了，最近场地和最好的那间酒店一年前就满了，我还能分到单人房，而且落地门玻璃可以直达花园，已经比大部分人幸福。

图 1 | 第一次吃有士多啤梨肉的雪条。**图 2** | 当地民族人士穿上民族衣服，拉着他们的羊驼出来卖 Alpaca。

這是旅程的第一个高点.你有机会一定要试试生命的味道!

Notes from the SDA forum

Shamanic T[?] - honours elements ∵ they create life, help us to [?] our centre

① Let go of what is NOT us →

② → fear (of when letti[ng] go of all sorts of [?]

每当我们的能量场跟别人的「交往」，就会有很多不属于我们的能量，需要清理。

Elements

I'm woman...
we could learn to [?] into the 4 elements.

use those elements as allies

Ceremony: Connect Air, Fire & Earth.

Each of element rep the truest aspect of ourselves

Air: Mind
Fire: Spirit
Water: Emotional body
Earth: Physical body

When we bring all these together we clean the mind, emotion, body channel to spirit. → We then come back to our authenticity naturally.

像洗澡那样，其他bodies也需每日清理。

Chucana : reminder to align to 4 elements in yourself.

△ in Peru.

Master of Awareness, ~~Manifestation~~
" Transformation
" Intent

Intent / Intention

→ gather all your energy & put it out & say

Intention : I had an intention → may or may not follow

plant a seed in the universe
. surrender (not checking the seed)
. Co-create with the Universe & I'm listening. the listening is the surrender to whatever information that comes back
& Then you take action.
Your mind will have reaction
But spirit is bigger & wiser

Encounter of the Open.
The Counter

Geometry 3 ways of creation
Pyramid
Tetrahedron

There's an invitation to receive this 3 ~~world~~ in our hands. so we could materialize pyramids in our ~~hand~~ (life)

Chucana 等边平衡，提醒我們要善用与平衡四大元素。

「心想事成」的具體步驟。

☼ 第二部 / *Solar Disc Activation*

整个旅程围着一件事发生，就是启动太阳碟。
提升你的精神成长及深层认识自己，
重获平衡、喜悦和内在和平。

• ABOUT SOLAR DISC ACTIVATION •

“印加民间传说有位高祭司叫*Aramu Muru*，他拿着金造的太阳碟由*Lemuria*出发，在陆地快要沉到太平洋底之前，十二位高人被送到世界各地的安全地带来保存珍贵的科学和精神文化，*Aramu Muru*是其中一位，他被选中将太阳碟带到安全之山，就是现在叫秘鲁这地方，这纯金透明太阳碟是科学和*esoteric*之物，可以改变一个人的能量图案，有强劲的治疗能量，也能够用作为交通工具，而且可以改变地球的转轴。在第九个*Pachacuti*时，印加皇拜祭太阳，且自封太阳之子，而当西班牙人侵南美时，太阳碟在库斯可（*Cusco*），为了保存它，*Aramu Muru*透过特别通道将它带到秘鲁之底层，也就是*Lake Titicaca*的的喀喀湖的湖床。

“民间传奇的结尾是太阳碟会在第十个*Pachacuti*期间重新被启动，开启太阳世代，这第十个*Pachacuti*由西历*1992*年开始，地球的人类会逐步醒觉，慢慢察觉他们原来的真正本质，他们内在的精神之光，这些民间传说跟　其他远古文化不谋而合；而*2012*的冬至时份，美洲、澳洲和新西兰的部落袖、长老，者被邀请来到秘鲁的的喀喀湖启动这个觉睡在湖底*500*年的太阳碟，这个终极启动会打开人类的心灵，将每一个人的内在太阳跟银河系的太阳重新连系，不同的部落都正式接受了邀请，因为人们都认同安迪斯山脉是地球的新精神文化能量中心，而马丘比丘就是美洲的西藏。这个旅程会包括爬行多个高山城堡（*citadel*），当然也会参与*Solar Disc Activation*，探究远古文明，如*Lemuria*和*Atlantis*的关系，透过探索、*meditation*和仪式，我们会超越这些名胜景点的表面，认识它们隐藏的深层意义，也有机会跟太阳碟的能量联系，选择了这旅程的，一道新的知识之门和高瞻能力会为他而打开和启动。

“我们的目的：踏出时间，放开自己，跟高层次能量联系和连结，接收宇宙间的所有爱，接受自己的精华、自己的美及我们在创造地球的真善美平衡上担当着一个角色。我们会开始记得我们的本相，在深层接受启动而成为这个地球里身体力行的*Light Workers*［注］。”

——节录自旅程的章程第二页

注 I Light Workers 是近年流行的说法，早些时候很多人叫自己做Spiritual Workers，但大抵太多骗神弄鬼的，于是又有人要划清界线，叫自己做Light Workers，更广泛地将光带到每一个角落，就由你身边最贴近的环境出发，那不是行甚么神迹，不需要甚么道具、特别的服饰或故作高深的禅语或梵语，你只要将光带到需要光的人和地方，你就是一个 Light Worker。

無論攝影科技有多先進，仍然不能捕捉太陽、星星的真實面貌。

每次提起這个旅程我都稱之為「南美之旅」，事實上這个廿多日的行程有一个正式的名字——Activating The Solar Disc Journey Into Oneness。它分三个部分，①是秘魯馬丘比丘(Machu Picchu)・庫斯可(Cusco)・Sacred Valley ②是Solar Disc Activation Lake Titicaca ③是玻利維亞(Bolivia)・太陽・月亮島(Sun Island & Moon Island)・天空之鏡(Salar da Uyuni)，有些人參加①②，有些人選②③，有五个人選①②③，包括我。

整个旅程圍著一件事發生，就是啟動太陽碟(Solar Disc Activation)。領隊說這不是一个旅行團，她是主持人，印加Shamans帶路，由Spirit引領，是一生人一次的罕有奇遇云云。章程第一頁就說：「探索遠古文明地和秘魯太陽精神文化，這个神聖的旅程是為著啟動太陽碟而設計，提升你的精神(Spirit)成長和深層認識自己，重獲平衡、喜悅和內在和平，當旅程完結，你不再是同一个人，我們會進行一些儀式和到能量高處meditate，報名請聯絡Sandra。」

*2012*是个大题目，世界各地不同的远古文化都有迹象显示*2012*年*12*月*21*日世界不再一样，好莱坞电影诠释成世界末日灾难的来临，另一方面却有不少人认为是人类和人性重生的契机，人类失去了人性好一段日子，这是我们重新跟自己的根源接轨，也是宇宙和大自然给我们的一个机会。*2012*是二万六千年的玛雅（*Mayan*）历法的完结，而印加（*Incan*）则是五百年一个循环，跟研究玛雅文化的人一样，他们认为一切并不是等到*2012*那一刻才发生，之前一切已经在酝酿，*2012*只是终极的启动，由无数小型启动推展。其实这几年间我们已目睹气候、经济、环境上的大转变，大部分人生活质素下降，有钱的人多了，快乐的人少了，人类受疾病、灾难或政治折磨，世界的转变其实是天地人的内在深层转变的反映和显达，不少人相信*2012*是重生也是高能量重临的时刻，我们体内沉睡的爱、服务精神和智慧会再被启动。

我们要了解这些变化及准备好自己，配合整个意识的跳级，否则大环境跳升而你赶不上，就会相当辛苦，因为无法掌握那高层次的能量——套在实际生活上，就是很多事情、感觉及行为都有失控的倾向，而解决方法不是重新控制，而是提升自己，让高我（*higher self*）出来引领（用西方术语，是*awaken*）；沉睡的人云亦云方式，行尸走肉式的，或以私利为社会运作中心等一切方法，都不合时宜了。章程继续说：“当我们的内在太阳跟太阳、太阳背后的太阳连成一线，就是重新跟太阳碟联系，是个高点（*zenith*）。高点的时刻也是当太阳跟地母连成一线，而那一天是*2010*年*2*月*14*日——当爱在世界不同的地方受到推扬，我们也跟自爱有个约会，我们的祖先认为的的喀喀湖（*Lake Titicaca*）是个神圣的湖，前人会远行到那里*meditate*和作出重要决定，同时提升和净化精神。太阳碟的启动能给我们带来生命之火和高层次的能量。

第一、二部分共十一天，收费*US$3,300*，独立第二部分收*US$1,100*，第三部分共七天，收*US$1,100*，如需单人房另加*US$1,100*，费用只包括由秘鲁首都利马（*Lima*）集合以后的短途飞机、车程和食宿安排，并不包括前往利马和回家的部分。这种在框架内有选择的行程，对我来说适合，而且不用廿多天都困着同一班人，有人上车有人下车，成分改变化学作用也有上落出入变化。第二部分既然跟旅程的正式名字雷同，自然是整个旅程的中心，情况是这样的，*Solar Disk Activation*（下称*SDA*）并不是由领队安排，而是一个大国活动，有数百人参与，而大部分人于一年前已报名及订下酒店，我们这一小团队是*12*月底才选

择成行，最接近活动场地的只有两间酒店，酒店老板就是 *SDA* 的主办人，很有牙力[注]的领队已经跟酒店老板说：“如果不能给 *A* 酒店，也要给 *B* 酒店，如果连 *B* 酒店也没有的话，我们就不来了。”最后酒店老板要将原本在 *B* 酒店的一团人安置到另一家（非步行距离）酒店，我们才可以进驻*B*酒店，虽然房间狭窄设备落后，但起码是步行距离，可以控制自己的吃饭和作息时间，而不用等旅游车车出车入。

*SDA*在秘鲁的*Puno*举行，我们到达时已是傍晚，原来大部分人已于廿四小时前到埗[注]并安顿好自己，不少是美国人，也有五分一是澳洲人，大部分都是上年纪的，我们可能是最年轻的团队了。我们到达*A*酒店时仪式已开始，场地十分墟冚，先是室内的开幕仪式，然后有室外的火仪式（*Fire Ceremony*），火仪式其实都几似在印度*Penukonda*经历的*puja*，双眼直望那大火，拿着可卡叶跟*Panchamama*（大地之母）联系，想想*intent*，很快就有情绪上来，变成眼泪，整个人聚焦在一点中：“*Burning all my sorrows*，*sadness*，*negativities*，*this is my intent*……”和妈妈之间的很多片段就这样涌出来。后来人群跟着音乐起舞，让我近距离跟这火接触，这火温暖炙热但不干燥，偌大的能量扑面而来，一边跟着节奏跳一边不停地释放，哭笑眼泪透过跳上跳下的身体摇晃出来，然后有个小女孩拍拍我，邀请我一起跳，还有得州的*Debbie*，是佢！这净化能量之大早已盖过了我的一切怀疑，仪式最后是*Holy Smoke*

图 1-2 | 室外的火仪式（Fire Ceremony）。

Purification，我是第三个上前用手拨三下，将那烟拨到自己的*mental*、*physical* & *ethereal bodies*，当下十分感恩，下午才在旅游巴士上抽到那咭，处理跟某女性的关系，晚上就有机会烧掉负向性的积累。火仪式完了，又累又饿的我们当然希望可以坐下，有热腾腾的食物，一进入*A*酒店的大堂才知道是自助餐，而且是三百多人的自助餐！亚洲人的灵巧和南华地区的敏锐因子，在这个时刻发挥无遗，我跟新加坡*Ann* & *Andy*在众人谈笑、社交、浑然不知道甚么时候有饭可吃的当儿，已经站在自助餐供应的地方附近，只等侍应捧出干净的大碟，就第一个去拿食物，果然当我们拿了食物坐下，其他人还在找台找凳，热情寒暄，问你是甚么地方来——中国人民以食为天的基因发作，不理三七廿一坐下来就吃，吃完了一碟，人龙已围了一个厅，由龙尾排到可以拿食物，大概是四十五分钟。他们不像我们又累又饿，反而有无限的精力不停社交，我们坐在最接近食物供应的饭桌，吃完一碟要拿甜品，我跟旁边的人说："安排有点问题吧，他们就是因为要吃这块肉，等切肉，令整条人龙停顿，但我要的只是甜品，就这样去拿也不算插队吧！"来自智利的*Claudia*鼓励："为甚么不！你又没有阻碍任何人！"在三个人认同下我就去做了这件事（*Reality is agreement*——现实由人的认同组成，你说你是有钱人或天才没有用，要别人也同意你是有钱人或天才那才是事实，否则你只是"疯人疯语"——只需三个人的认同，我的不好意思就变成了理直气壮）。

在吃的时候有个蓝衣蓝裤五十多岁的印度裔妇女挺着大胸拿着碟站在我旁边，目中无人地问："这是我们的台吗？"我们？都没有见过她，也不知怎样回应，她也不理人自己就坐下，不停地咳嗽，又没有用手帕或手盖着嘴，后来才知道她是*Adele*的朋友，由这一站起将会跟着我们直至旅程终结，心里唉了一声：如果她明天还是这样，就要很礼貌地请她用手或纸巾盖着口。然后十分庆幸没有参加*Adele*的团，我肯定她是一个美丽的灵魂，但我们追求的东西并不一样，所以有不同的需要和选择，也吸引很不一样的人。吃完整顿饭，其他人才拿着食物找地方坐下，我让座、回酒店。一个人走回*B*酒店的房间，一坐下安顿就哭起来，明显是另一轮释放（*release*），如果跟人同房怎样释放？所以我第一万次感谢天，我爱你！

人體充电：good Time for You！值得一試。

翌日早上起來是論壇，非常早，講的是火、风、水、土四大元素、Earth Chakra （地輪）和時間以外的東西，但我实在太累，会場中又很多人咳嗽，受不了就走到場外的大草原，走了不久看到一棵大老樹，走近，沒思索就張開双手環抱，將3rd （額頭）伏在樹上，即刻有強烈情緒湧上來，像噴泉那樣我又釋放，但都是開心的淚水，心裡有一把声音：「像你」，跟大樹的寧靜令我知，像見到老朋友，無限慰藉。

草原外是石灘，走到盡頭是湖边。折回時已是中午，索性躺在草地上曬太陽睡午覺，一点紅腫敏感也沒有，我真的相信奇蹟發生了。論壇的高点是亞馬遜森林的少數民族女族人出來唱歌，她一唱我就見到自己的higher self，穿著武士白tunic，一頭飄悍的長髮，是陰性与陽性的結合，她招呼我，而我正一步一步走向她，感覺非常強烈；那女族長的歌声久不久在腦中重播，一播就能接觸那飄悍、溫柔之机靈的自己。

午饭后去*Cutimo*进行风仪式，三百多人爬山都几壮观，上到山顶，就被叮嘱脱掉鞋子，然后三百多人围一个大圈，你知道用了多少时间？圈围了很久，又要拿着自己的鞋不断迁就新加入的人。风不是很大，但很舒服，左右手拖着的人我都不认识，但拖着左手的人自我介绍：“你好，我是来自南非的*Winnie*。”我告诉她我也叫*Wini*。仪式进行了之后，请跟左和右的人拥抱，送上一句“*Good Time for You*！”简单的四个英文字，我甚至不肯定文法是否正确，但关怀和被关怀的力量强大，拥抱完左右的人，所有人像充了电那样，跑去跟其他人拥抱，*Good Time for You*之声处处，然后我见到*Adele*，就跟她来一个*Good Time for You*！像失散的姐妹重逢，然后面上总是悻悻然的印度裔团友*Fatima*也来了，但却是半命令式的：“*Wini*”，然后张开双手，我其实不想跟她拥抱，但她已站在我面前，我也只好合上眼跟她说了一句不带情感的*Good Time for You*！

我肯定她感受到我的不愿意，而我不介意让她知道我不愿意，这不是针对，只是既然来到这里，是要将假装拉出来，我为甚么还要在自己身上制造新的假装呢！“人是聪明的，人群却是愚蠢的。”我突然想起（*MIB*）的电影对白，三百多人上山围圈自由活动后下山，行动之缓慢，就搞了一天；但戈尔（*Al Gore*）爱用的非洲谚语响起：“‘你想走得快，一个人走吧！你想走得远，就要一起走！’我们需要走得远，但很快地。”他说的是拯救地球和生态的活动，我却觉得快慢不重要，重要的是一起走的人步伐一致，或相若。

集體活動是緩慢的，但集體能量是強勁的。

三百多人在Cutimo山上進行风仪式。

回到酒店，再用中国人的智慧和猴子的机灵，自己去找吃的，因为我实在看不到饿到八点半再排那超级长队，吃那些冷冰的自助餐有何意义。一下车就到柜台订*room service*，但职员说所有厨子和职员都去了*A*酒店帮手，如果要吃只能去*A*酒店的餐厅。步行过去*A*酒店，餐厅竟然给我同一答案——无法订餐，因为所有员工都在厨房忙于准备三百人自助大餐。唯有死缠烂打地说：今天患了高山症，好冷、头好痛，极需要吃一些热的东西，极需要热汤……对方叫我到接待处租个氧气筒呼吸吧，我当然摆出一副“就死”的姿态，说已吸过了，身体也跟着我的指挥变得面青口唇白，人生不就是一台戏吗？我们都可以是出色的演员。对方无可奈何再走回厨房问，最后*50%*得逞，他给我腾出热汤和两块面包。难吃，这就是忘记将杯面放入行李的痛苦，但总算填饱肚子，打道回府休息。在房间一个人拿着笔记簿不停地写，当中有想过将这些*healing*经历跟前夫分享，希望他也能像我这样抚平或放下伤痛，后来就觉得还是先搞好自己跟其他人的关系吧，例如能够将山上学的手拖手*shamanic healing*带回家中。

图 1-2 | 酒店外的大草原，也有 circle of consciousness，正中和直线末端放了两座大白水晶，perfect alignment。**图 3** | 一路前行上 Cutimo 山。

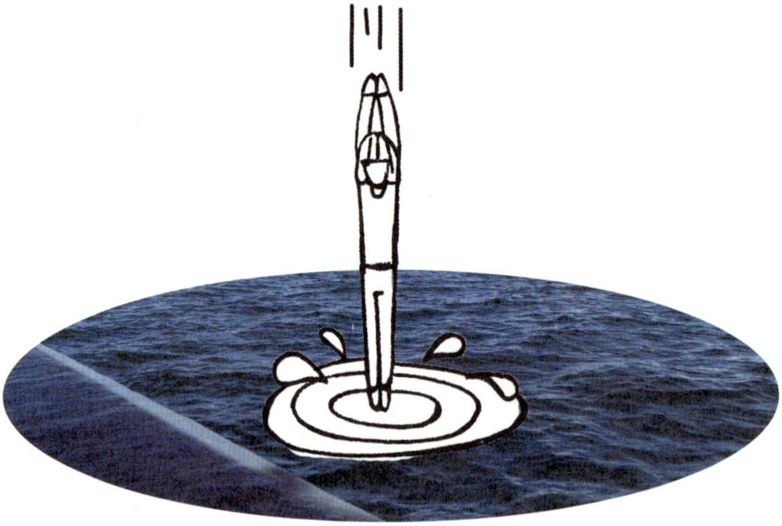

勇氣不夠時，就自我重播躍下的一刻，及跳完之後的圓滿感，然後深呼吸：Go！

SDA第三天，我們要收拾一晚的行李，到的的喀喀湖（Lake Titicaca）上的Amantani島过一夜。領隊多次強調：「盡量簡便，只帶必需的！」可是在酒店要甚麼沒甚麼的貧瘠經驗令我有所警惕，几乎連枕頭都想帶！我知他們有床單被鋪，一不知是否潔淨，二如果高度不合適怎麼辦？三、不夠暖就好淒涼，於是还是將途中買的兩張Alpaca毛氈帶在身上，摺起可當枕頭，攤開可加暖，就是這樣以防萬一、那樣不肯定，城市人的恐懼和不安全感突然有了發作的机会，資料欠奉，只得領隊一句話。

車子來到碼頭已是數小時之後的事，又餓又麻痺，誰想到簡陋的碼頭旁有一所摩登的精品酒店！團隊紛紛入內借洗手間，我卻被酒店吸引，它像有些作家的別墅，完美的位置、地方寬敞，豪華中見樸實，用天然建材，鮮花也多，感覺上很堂皇，說真了其實很樸素，我很喜歡。

领队真有本事，游说酒店经理让我们看一看房间，不看犹自可，一看心也融掉了，全白的大床大枕头，眼前就是蔚蓝纯静的的喀喀湖，房间不算很大，但渺无人烟，看似没有人用过，房租是一千五百美元一晚。他们都笑：“*Wini*，你该住在这里写书！”我也想。明明问酒店拿了名片，执笔的这一刻却找不到，电邮问领队没有回覆，名字忘得一干二净，但对它的记忆却非常清晰，像我是属于那里的。酒店门外是简单的木码头，我们的船还未到，*Raul*分发午餐盒，却告诉大家不要吃，因为傍晚会有仪式，最好空肚。甚么仪式？我听了一点又听不到另一些，而且正午太阳叫人昏昏欲睡，于是只吃了苹果和果汁。船来了就上船，起初以为我们十人坐几十人的船，可以一人坐一排，二十分钟后却停另一个码头接另一团人，于是也得一人一座位。上船的人中有昨天在*Cutimo*山上拖着我左手的南非*Winnie*，像他乡遇故知的又拥抱又亲面。

我一路在欣赏湖水，起起伏伏，蓝蓝绿绿，大概三十分钟之后，船突然停了引擎，在水中央静下来。*Raul*就用西班牙语宣布一些事情，领队英语翻译：“现在我们进行水仪式，先

图 1 | 精品酒店门外就是美丽湖泊和简单的木码头。**图 2** | 酒店其中一个角落。

是对水妈妈（*Mama Cocha*）作奉献！”就是拿着水樽定了*intent*，然后将水抛向湖，以为这部分完了，水仪式就完了，原来还有浸泡净化的部分（*soaking purification*），我以为是用湖水浸下脚洗把面，怎知道是整个人跳下海！“我知我忘了提醒大家带泳衣，随遇而安吧，我自己也没有带泳衣，但我也打算脱掉面衫面裤就跳进去！”其实领队有叫我们带泳衣，不过是在旅程出发之前，到了*Puno*的*B*酒店只叫我们轻装上路。她也许不大称职，但我猜没有人会怪她，因为她似乎也不知道行程和安排。虽然她一腔热情，但我没打算在没有泳衣及气温只有十多度的情况跳水。可是当身边不少人站起来脱鞋脱裤，我就不是那么肯定了，然后*Adele*也很踊跃地脱衣服，就感染了我——人一世物一世，甚么也试一下吧！于是也跟着脱。其实旅程展开两三日之后，我已发展了一套穿衣方法，可能不太好看，但十分实际，就是可加可减多层次，有长袖、短袖、长裤、短裤，可穿可脱，因应随时变幻的天气和气温，真正做到*go with the flow*。我带了半打*Uniqlo*保暖薄底衫及半打不同型号牌子的*leggings*当最底层，所以我的所谓“脱”也只不过是脱剩*Uniqlo*底衫和*Isabel Marant leggings*，而当我发现南非*Winnie*不打算跳湖，就将相机交托给她：“麻烦你替我拍照吧！”她爽快答应，也很认真地爬到船的甲板再爬上船顶，务求争取最佳位置。我是第二个准备跳的还是第三个？已不记得了。蓝天白云，太阳就在头顶，在海拔一万二千多英尺全球最高的湖泊上准备跳下，只有一两秒时间决定该怎样跳，脚先下还是像平常跳水那样手头身弧线跳？清晰的脑袋半秒之间给我答案，手指和脚趾作两端，拉成阿拉伯 *1* 字直插，净化自己嘛，直觉这姿势最适合。

一跃而下，水很冷，但下沉后回升上水时就很温暖。从未经历这种清澈，虽然我爱出海，也曾到澳洲和东南亚很多度假胜地见识过不少清澈的湖泊，学潜水诸如此类，但的的喀喀湖是另一回事，我想这就是高能量或他们所谓“神圣”的力量吧，如果有甚么只在一瞬间能冲洗你不再想要和不需要的一切，然后瞬间又将你填满了快乐的气泡，像香槟酒泡那样推我浮上水面，这就是了！跳下去和游回船边，前后已经是两个人。*Ann*和*Andy*两人没有跳，但他们拿着大毛巾等我，帮我擦干身子，在*Ann*的掩护下，索性在大毛巾后脱掉所有湿的衣服，然后穿回刚才脱掉的干衣服，很心急地穿衣又十分庆幸自己跳了，好在跳了……之后全程没有跟其他人说话，觉得自己是簇新的，像装修完没有任何家私摆设的新房子，想好

图 | 传说中太阳碟就藏在湖底。事实上的的喀喀糊水有种很好的味道，不能形容，just totally divine。

图 1-2 | 我的大特写，“斩手斩脚”，看不到湖水宏亮，只看到湿头湿身。

好享受这种新鲜感，不想语言文字或其他人的能量扰乱这难得的干净。静坐看水，想起我们到达第一天的晚上做了火仪式，第二日在山上三百多人做了风仪式，这里做水仪式，预先并不知道行程与节目安排，也有瞬刻一闪而过的抱怨，为甚么会没有人提醒我们带泳衣诸如此类，但在这一刻，这一切都没有存在的空间，只有感恩，和享受那被净化了的存在感。

后来拿出相机看看南非*Winnie*拍的照片，再次肯定外国人的审美观奇特，或应该说跟我很不一样，我无法理解她那么辛苦爬到船顶，却每张相都用*zoom*大特写拍摄，“斩手斩脚”，看不到湖看不到船，只看到湿头湿身——但我还是得感谢她在烈日当空的时分自动爬上船顶寻找“最佳”角度。

第十六步 | 给自己的情人节（上）—— 开心意外

中途矮媽媽主動替我揹背包，我很不好意思。

①減去十四小時時差，其实是2月13日接近黃昏五時多，終於抵達的的喀喀湖中央的美丽小島Amantani，島上沒有酒店，也無自來水电，在碼頭上等着我們的是島上原住民，每户島民接待两位外來客人，很快就將我們「分裝」。旅程上一直是自己一間房，當我知道要一对对的分，就主動問Adele一起好嗎？她說好但fatima就很不高兴了，我見狀，說不可以就算了，Adele好像也想是這樣安排，於是又可以了。

我們的主人家是矮媽媽Deldolsia，有一女Ulissa，一子Hilbert。碼頭是在島的最低，拿着行李往島上走全是斜路！經过十日高原旅程本已駕輕就熟，分别是之前總有車在等著，不用拿行李包包，如今卻是大背包加小袋——城市人的包袱，「安全氈」不能少，而我真的帶了安全氈，天氣驟变，每天的氣溫相差九達20°C，怕不夠暖和，怕這个怕那个，連水也帶上三瓶。

中途矮妈妈主动替我揹背囊，背包很重，很不好意思，但如果自己拿，九年都走不到她家。沿途风光明媚，小岛灵气迫人，湖泊岛上一树一木，连阳光都晶莹通透，闪着金光和金边似的，虽然一切落后。到了她的家，简陋得来很洁净，比酒店好十倍，是西班牙式白纱窗帘，实木床舒服，被铺暖和，门特别矮，因为他们都不高，要俯身才能穿进，她问我们要不要茶，一听是茶就摇头摆手，*Adele*要了，茶来到香味扑鼻，原来是*Munay*薄荷叶加了柠檬叶加了蜜糖，可口得很。大会的原定项目本来是在岛上人的家里过一夜，吃一顿晚餐，穿上他们的衣服，体验岛民的生活，翌日就得爬高原，上万英尺高山，比云还要高！但我们的小组却有秘密行动，领导我们的三位*Shamans*为了答谢我们的热情与一切，为我们准备了*San Pedro*仪式，所以鞋子也没有脱，洗个手就要上山了。究竟*San Pedro*是甚么？*Ayahuasca*是很煞有介事的（见第8章），但是这一天岛上没有一个人问过："你想做*San Pedro*吗？"没有人解释它的作用或会出现的反应，只知道这是一种"开心植物"（*Heart Opening Plant*），*Adele*做过好几次，她说："*San Pedro*是很温和的，尤其如果你已经做过*Ayahuasca*，应该没有大问题的。"*famous last words*。

图丨这是他们的家，也是我这晚的家，虽然一切落后，但不损美丽。

图 | Deldolsia 的一女一子 Ulissa 和 Hilbert。

Manco将手按在我的Crown Chakra，大抵是想给我治疗能量。

仪式开始了，地点是山腰的社区中心，黄昏的岛上，蓝湖白云天，太阳下山，阳光在身上镶金边。第一个上前的是美国来的富婆吧！嘴唇打了很厚的骨胶原（*collagen*），面上也有肉毒杆菌（*botox*）的痕迹，她带了多张私家皮毛垫在草地上，身上是可爱的皮毛背心和紧身牛仔裤，*Shaman* 把草药递给她，她一下子喝不了，要分几次喝，好像很难喝的样子。我是第二个拿杯，草药还可以，*San Pedro* 是一种仙人掌，而草药就是把仙人掌磨碎成粉状加水，但是成分也有两种，*Shaman* 先会握着你双手感应一番，然后才用两种粉末来调制，有些人是两匙加一匙，有些人是一匙加三匙，视乎每个人的状态和层次吧！我不知道我得到的是高、中或低。饮完返回座位，其他人陆陆续续上前领饮，就在最后一个（我们大概共十人）都饮完回座，我开始有反应，我的太阳神经丛（*Solar Plexus*，虽然位置在胃，但我肯定不是反胃，而是 *Solar Plexus* 的轮位开始有动静，感觉也跟反胃颇为接近），像有一些东西要出来了，头开始昏，举手求救，*Manco* 趋前，刚想开口，一个字都未说完，眼泪已经涌出来，一发不止。他将手按在我的头顶，也是顶轮（*Crown Chakra*）。

图 1 | 门特别矮，要俯身才能穿进去。**图 2** | Munay tea。**图 3** | San Pedro 仪式开始了，地点是山腰的社区中心。

2 你知道哭有很多种，伤心的哭、恐惧的哭、感动的哭……这哭是发作的哭，比释放更强烈，像身体要排出一些东西，这些东西不能留了，这些东西要出来，先化成泪水，力度都颇为猛烈，没多久，心开始绞痛，完全是数年前经历的那些伤心、心痛，一模一样，但这次纯粹是一种身体反应，而没有任何情绪附加的。其实在多年练功的日子里，久不久就会“发嘢”，“发嘢”即是排毒，但一般排毒只循大小便走，“发嘢”却各适其式，由胃痛、流泪、皮肤发黑、失声、梗颈……总之，毒在哪里，离开之前就在哪里留下最后的厉害，因为它要离开这个窝藏了一段日子的身体，是它的告别方式。于我，它走一定好过它留。毒喎。

所以一边泪如泉涌擤着鼻子，一边却知道正在“发嘢”，但很少这么有规律地，而我又这么清醒的，这种反应十分奇特，因为头明明在转，意识却十分清醒，仿佛我完全知道在发生甚么事，虽然那一刻你要我说出来，我根本没空说，因为整个人都在一种排毒的状态中，诧异的是经过数年间不断自我治疗的过程后，竟然还有那么多心痛残余在体内！这样子不断地哭不断地排，好像只有我一个人。太阳下山了，风开始冷，天开始黑，回一回气稍作停顿，擤一擤鼻子拭去眼泪，三位*Shamans*上前来帮我用*Condor*羽毛扫走要走的东西，然后指着火星（*Mars*）说：“*Connect with Mars!*”住在城市一辈子，习惯了光害无星空的现实，

虽然心底里知道星星月亮太阳长存，能见到月亮和太阳，已经雀跃不已，从未见过星星如此接近如此清晰如此大粒，像太空馆模拟的星空无限地扩大，看不到边界，因为这是真的，银河就在眼前，我望着火星，它既大且闪，像钻石银白光，其他队友也陆陆续续跟星空连接，因为天气寒冷，大家都披着大毛毡，面向湖泊，看上去像层次不凡的使者。我用眼、用心跟火星连接，很快就融入那个星空里，头是四十五度抬着，连接一会儿，太阳神经丛又滚动了，新一轮的眼泪又夺眶而出，鼻水不断地排、排、排，在看星与拭泪之间，不经不觉其他人已返回岛主人家，这些岛主人也了不起，上上落落，管接管送，一来一回最少四十五分钟，你要知道走的是无电灯的斜路。

3 我不介意包尾，但一向不太喜欢做最后一个，而且*Adele*去了哪里？是岛主人将她接回家了？典型的香港不安全感隐约浮了上来，*ego*开始说话：“她怎么可以不等我？通知一声也没有……”后来才发现她在社区中心的一个房间做另一些练习，因为她学的跟我们不同，是两个人都被剩下来，没有人“接放学”。天已全黑，*Shamans*们也打着电筒要回家了，唯有跟着他们下山，两个人都冷得腾腾震，又有点晕眩，脚步浮浮的，看不到路，只在电筒的灯光照明下，望着自己的鞋，希望不要摔倒就天下大吉了！

脚步很急。他们住惯大自然的人下山如风火轮，但我们这些城市人，上山固然喘气，但下山更要命，因为膝盖承受很大压力，而且不是好走的路，大部分是石子路，要加倍留神，怕丢命或受伤。人也全然临在（*be in the now*），因为不想生任何意外，临在令*ego*收声，它完全没有存在的空间，脑袋一片宁静！就在急急脚步间，突然间撞上了一伙人，原来是矮妈妈和她的子女来接我们了。我索性老实不客气，叫*Hilbert*帮忙背着*Stella McCartney*的大背包，那背包等于他整个背那么大，但小子身手灵活，双手拿着上发条的电筒，走了半途，替妈妈换电筒。回到家里，点洋烛，矮妈妈为我们准备了滚热辣的菜汤，虽然又饿又冷，但吃了半碗之后，已捱不住，躺下来，晕了。

图 1 | 小岛灵气迫人。**图 2** | 矮妈妈和女儿 Ulissa。**图 3** | 矮妈妈的家，睡房在楼上。

Core fear Matrix自生命開始由不同的恐懼組成。

④那种暈不是失去知覺的暈、不是暈船浪的暈、而是手腳発軟，像吃了藥那樣子，完全沒有心理準備這会是人生迄今最·清·晰的時刻開始。合上眼沒多久，那股從心裡透出來的寒氣又再出現，明明穿著襪子戴著手套，查一下，手腳暖和，但寒氣不斷飄透出來，电光火石間⚡突然知道這就是我的Core fear Matrix（註1）驚訝得張大口，三秒鐘後又感到理所當然，我不就是由2009年9月起開始跟Ascended Masters（註2）Djwal Khul  和Jesus Sananda一起努力移除這个日積月累多年的深層恐懼網絡程式（Core fear Matrix Programming）嗎？还有Holy Spirit幫助殲滅恐懼的源頭！意識到了，那些発寒位置变得更清晰，主要在右腿、双膝、右膊右手右臂右胸，右胸是最大的一个出入位。

注 1 | 勉强可译为深层恐惧网络—自生命开始由不同的恐惧组成。注 2 | 一般译为高升大师，他们都在人间经历各样的考验与启迪而修成正果，超脱了物质世界的限制，大部分都是曾在人世间导人向善，教人摆脱痛苦的老师，他们高升（Ascended）是因为已经离开，但仍然愿意留在我们很近的距离予以帮忙。每一位大师都有自己的专长，Doreen Virtue 笔下确认了四十四位高升大师，包括耶稣、释迦、观音、阿波罗，美国的 Joshua Stone 则强烈认同当中十来位为 Ray Masters。详情可维基百科查阅。

确认了*Core Fear Matrix*的分布后，首先出来的竟是生孩子的过程！不是影像化的回忆，而是整个过程，记忆和感觉都回来了，被针注射的滋味，被推离手术室后那股寒气和手震脚震——他们给我全身麻醉，我在迷迷糊糊间甦醒过来，被推在走廊没气力地叫：“我很冷！我很冷！”——局部的我被强暴然后死亡。而这个晚上，在风光明媚的岛上，身置温暖的房间，重新体验这种恐怖滋味，我知道，这是因为我已准备好跟这一切说再见。我不是一早知道，也非事后重组分析，但就是知道。

5 在毫无思想毫无指示下，我又知道下一步要做甚么——这些*core fear*核心恐惧已经准备就绪，要离开我的身体，我要做的就是让它们离开。身体的肌肉自动抽搐，明明躺在床上，却像待产的孕妇，上半身因肌肉抽搐而作四十五度弹起，眼泪不断流，口也是张大的，正常是嚎哭或大叫的痛苦状态，但此刻却是无声无息的，像超级瑜伽，太阳神经丛和右手右臂右胸右膊右腿和双膝肌肉抽搐，像扭毛巾那样，肌肉抽搐令

我流更多的眼泪，擘大的口也呼出了很多气（能量），但寒气仍然持续，没有听到任何指示的声音说：唏！用火星的力量来帮助你——完全没有，但是我听到自己淡定而权威地说，这“说”甚至不牵涉声音：我不想再要*cool*了，请用光和热将这些寒气带走。*Solar Plexus*带着

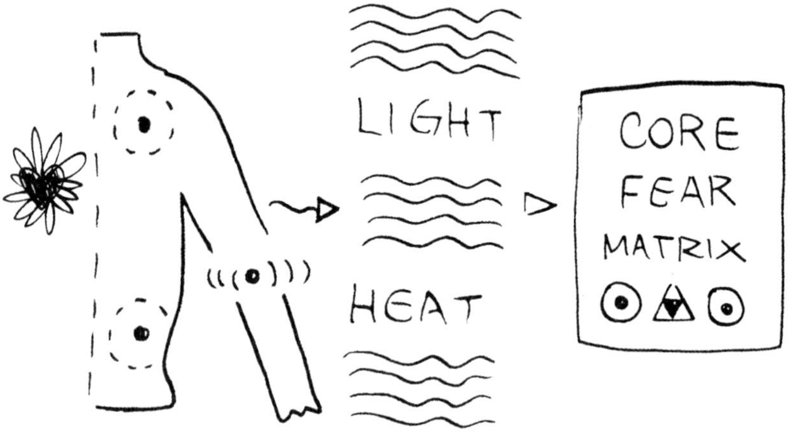

Core fear已準備好離開身體，我要做的就是讓它離開。

抽搐，深呼入一口气，然后再深呼出一口气，我见到橙色的火在喷！这是为甚么他们叫我跟火星联系，因为我要借火！他们怎么会知道？腿和膝的寒气渐渐消散，右胸及附近的位置却越来越冷，我开始意识到能量不足，运尽全身的气力去呼唤更多的暖和，*Djwal Khul*和*Jesus Sananda*出现了，以为有救，但他们只是平静地分头待在两旁，来作精神上支持。

突然间一股暖流从心门涌出来，流遍全身，“这是他的爱！”我认得，这是第一次遇到的无条件的爱，当意识浮到这一点，大吃一惊！怎么还储起这么多他的爱？这个小小的身体怎样储存这么大量的爱？不可思议。一方面身体没有停下来，这些爱不断流滚全身驱散那些寒气；另一方面，我出力地把这些暖流从心门推出来，“谢谢你的爱，我将这一切还给你，因为我不再需要留着它来证明它曾经存在，它已找到了另一个存在的方式，就是我们的儿子。谢谢你带来的教训，感激天，我终于有能力给自己无条件的爱，终于有力量来复刻（*resurrect*）昔日的伤痛，深层的恐惧不外乎是害怕失去、怕被遗弃、害怕匮乏，我终于够力面对这一切，不属于我的一切可以物归原主。”再说一次谢谢。他值得知道他的爱的能耐。

两股能量在体内交战，爱与恐惧，暖和寒，我意外他竟给了我这么多，而我又拿着了这么多！突然明白为甚么我有这么多伤痛，载着这么多不属于自己的能量，无条件的爱在*ego*主宰下变成样样讲条件的，当然痛，这些伤痛正正是癌的源头和养分。

图 1-2 | 黄昏的岛上，蓝湖白云天，阳光在身上镶金边。

6 车轮战后肌肉抽搐暂停，内里平静下来，但事情明显没有完结，跟着出来的是祖父母——阿爷、阿嫲，个人而言，其实跟他们相处不错，尤其是阿嫲，但是封建文化污染太深，我是长女而不是长子，妈妈因此吃尽苦头，而我也因为是个女的，而遭遇不公平对待，但既然他们来了，也就是时候释放，我理解，他们也是封建文化的受害者，重男轻女的观念不是由他们发明，他们只是被这观念浸淫得太久而失去自己独立思考和爱的能力，我原谅他们，因为他们也是*victim*，无意识地将他们的*victim consciousness*投放在其他人身上。年少时不懂得，但总有股力量在推动我，仿佛身为女的，要成为一个人，要加倍努力，加倍证明自己的能力，一切都要那么的用力去证明自己有多好，或更好，但今天不再需要这么做；生为女的，总有它的原因，总有它的使命，为甚么不好好接受，然后善用女性天赋？

这个偏见对我的影响应该不是太大，因为身体只是抽搐了两轮，流了不太多的泪水，它就走了，接着就见到爸爸。我知道他爱我，但同时亦感到寒气再度升起来，像一台感应器，感应到这股寒气是他本身的无助感，我吸收了他的无助感，只感到他的遥远，因为他也不自觉地逃避自己的无力感，逃避了生活，所以他的爱如在雾中若隐若现，若有若无——就像他整个人作为爸爸的意义。我将我的爱送出去遥远的方向，仅仅见到他的身影那方向。更多的寒气在抽搐的肌肉下走出来，更多的寒气在我的口中散出来，更多的释放。到了此刻我已经知道跟我一起 “工作” 的不止*San Pedro*，还有*Ayahuasca*，我见到萤火虫光照植物、跳跃的精灵、沙漠与日落。

图丨就在湖边站着，太阳下山了，风开始冷，天开始黑。

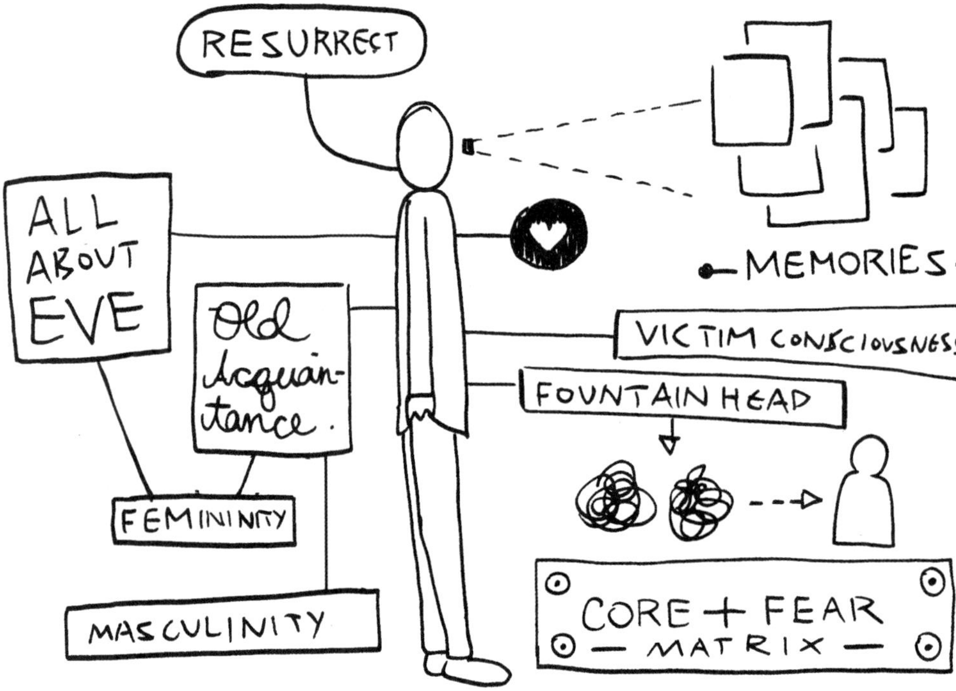

7 祖父母出来了，父亲出来了，顺理成章接着出场的应是母亲，出现的却是贝蒂·戴维斯（*Bette Davis*）。先是一些关于（*All About Eve*）（《彗星美人》）的甚么，我已记不起是影像，还是想象，但清晰的是（*All About Eve*）就是关—于—我—的。早几天跟*Raul*和*Sandra*的谈话点滴再出现——“我本来是叫*Eve*，上罗马天主教教会幼稚园低班，第一天班主任就说亚当与夏娃是原罪的象征，叫自己做*Eve*，就是背着原罪，回家请家人再给你另一个英文名字吧！”*Raul*却说：“这是天主教的霸权思想，*Eve*是第一女性，是女性的源头，甚么原罪不原罪，只是天主教的一厢情愿，你应该由这一天起就重用*Eve*这个名字，重新跟自己的*femininity*连结，平衡你的*masculinity*。”这一切有道理，这不是造梦，造梦是没有逻辑的。然后比堤戴维斯的大特写出现，她开始说话：“我为现代女性铺了这么多的路，路上一路挣扎，一路打拼……”我看见她华纳时代的俏丽面孔，忽然变成后来演恐怖片的老年面孔，被蛇虫鼠蚁群攻，像激光那样将她原本的女性妩媚破坏得四分五裂，然后我再次听到比堤的声音和看到她有智慧的面孔，就像（*Old Acquaintance*）电影中那慧黠造型。

“你会比我走得更远，因为我为你们开了这么多的门，咬紧牙关硬拼并不是最佳方法，出死力是很伤的，你比我知道更好的方法，会更有智慧地去做，用*masculinity*搏斗伤害了我，硬撑令我失去了自己。”此时梅丽尔·斯特里普（*Meryl Streep*）在美国波士顿大学接受“贝蒂戴维斯终身成就奖”的片段像新闻字幕在下方连环出现，她致辞谓深深感激贝蒂·戴维斯为今日现代女性奠下了这么多的基石，她的成功有赖于前人的耕耘，而她对于能够跟贝蒂·戴维斯相提并论感到无限光荣[注]。这一幕突然在这里出现，而梅丽明显是一个更幼细、更进化的女性版本，因为她更懂得运用阴阳两大力量的和谐来缔造银幕上的角色和银幕下的生活，而不像备受尊敬及排斥的贝蒂，要用蛮劲、死力来撑着女性的半边天。但是先锋就是先锋，他们没有前人可以借镜，梅丽尔的好处就是有比堤这群先锋女性用自己的生命打拼出一片天，还铺好路。

跟着一大群女人出现，我见到自己接过她们身上的十字架、压抑到透不过气来的重担及各式各样的包袱，首先出现的是前奶奶，连她精神分裂的言词都出现了，一方面是对我的苛刻；另一方面是她的和善，令我明白到她又是将自己的受难情结（*Victim Consciousness*）投放在我身上，明白她不是存心折磨我，但是她们那一辈的女性经过战乱，失去家人、自尊、依傍，跟她的不安全感一并在不自觉的情况下泼到他人身上，而我是一个容易目标（*Easy Target*），因为辈份最小，亦没有后台。我已不怪她了，不因为我大量，因为我明白了。然后见到几位姑姐，她们都因为重男轻女的观念而没有受到更多的教育或享有更多资源，甚至婚姻的选择，自由相对地比我少。我的舅母，男人如何乱搞男女关系，那个年代的女性都要哑忍。我的姨妈，十一、二岁就要出来当学徒，生活一路艰苦，即使香港富裕起来，她们一路不改知悭识俭的苦练个性，整辈子都是吃苦中苦，享乐的时候并不多。然后我的妈妈、我的妹妹，她们如何各自地因为女性身份而受到各式各样的剥削、压迫、歧视和边缘化……都因为现代社会害怕女性力量（*Femininity*），因为社会不明白。女性力量不能被量化，甚至不太能用语言去解释，试问直觉这回事怎样解释？讲究逻辑的男性力量就被推崇备至，这里没有贬义，因为最高境界一定是阴阳平衡，归哪一边，都注定失衡。于是我很快看到自己这些年来如何被调控到害—怕—女—性—的—力—量，一旦见到很女性化的特质出现，例如从佣人或妈妈身上，我就要将它们排斥或标签化为不理智、不讲道理、欠缺逻辑的，就是被

注 | 两人同被誉为最伟大的女演员。

这样教化（*conditioned*），我渐渐跟自己的女性力量失去了正确的连系。（后来在玻利维亚*Tiwanaku*寺附近的餐厅谈到这件事，我说：“代表人物就是伊丽莎白泰勒，我有只（*That's Entertainment*）*DVD*是她给奥斯卡录影得奖甚么的，沙龙镜头前的她含情脉脉，水汪汪的眼睛，颜色深邃的宝石，衬着迷离的背景与衣服，我一方面觉得难怪她是个万人迷，但另一方面听着那娇柔的声线，唉！要听她说完那番话颇为辛苦，究竟你想说甚么？如烟如雾，太阴柔的力量，叫我吃不消……想快速搜画”。其实是我潜意识害怕女性化的表达，因为自小吸收的是女性化的一切是没有用的，或旁门左道的，不会得到任何奖励，潜意识自动切割，将这部分压抑下去，任何接近这些特质的东西，都叫我不屑或不安。就像禅的一个故事，狮子被羊养大，一直到长大都以为自己跟羊群一样，直至有一天被另一只老狮子见到，把它带到湖边看看自己的倒影，让它认清自己的真身，恢复狮子的本色。故事寓意洗脑的教化力量可以令狮子以为自己是羊，其中的深意是每个人都是狮子，不过却被教化成羊，要温驯乖巧听话，忘记自己独特、我行我素、有尊严和勇气的狮子本色。）

我深切感受到女性的负担，肌肉又再抽搐，尤其是胸部，那些痛苦要释放了，一轮泪水、抽搐、呜咽之后，出来的是大弟，今日、昨日的模样，最后留下来是他戴着厚眼镜框，大概七岁的样子，穿着一件橙色恤衫？我正在向他道歉。作为一个小女孩，我常常欺负他，因为我不懂得更好的方法，不知道怎样跟一个男孩子相处，没有榜样，父母没有教，而他在各方面都跟我很不一样——不明白会诱发恐惧，而我们的习性是排斥恐惧，我很自然就排斥弟弟，方法不用其极，但是他面对各式各样的欺侮，还是笑盈盈，小时候讨厌他的厚面皮，今天我感谢他的纯厚，过了没多久，我看到小时候模样的我们手拖着手边走边跳，都在笑着，我知道他原谅了我。（回来后给妹妹说这件事，大弟在房间里听到，走出来抢白：“我早就原谅了你啦家姐！”）

⑧要上厕所。主人道晚安的时候给我们每人一个尿壶，放在床尾。明显地，我怕脏多过怕黑，所以还是撑着身子披上羽绒，拿了电筒弯着腰走出去（房子跟主人，一切都矮），走下人手钉的木楼梯，再下山，找到原始的厕所，一片漆黑，照照手表，凌晨二时三十分。回到房间

以为可以睡了，合上眼没多久又再回到刚才那个空间， 我究竟有没有睡？不清楚。*Carla Bruni* 的歌（*Ta Tienne*）不断在头里自由播放，歌首的笛子切合头晕的节奏，又像（*Lawrence of Arabia*）那样快马扬长入沙漠，尤其她唱“TATATATATATATATATA TIENNE”，执笔这一刻知道*Carla Bruni*出现是要示范她的*femininity*，她的音乐就是成功而美丽的女性力量展现，而为甚么偏偏是这一首？虽是法文歌，但法文里是没有Ta Tienne这说法，歌词也写“这不是法文”，“这不是正确的，不”，阴柔的力量也可择善固执开天辟地。

再次开眼的时候，天仍然黑，醒来是因为太痛。有声音说“*Alchemy has to take place*”[注]，*OK*，我准备好了，但是右手痛楚难当，尤其是手肘的内侧，仿佛刚才十小时排出来的毒，全部积聚在这个位置。好声好气耐心地跟右手说：“你知道我们快要*transform*了，求求你合作吧”，将买来的陨石放在手肘的内侧，企图吸走酸痛，帮助不大。不久，我收到“为甚么要跟你合作？我一向自给自足，我不需要任何人的帮忙，亦不需要帮助任何人”的回应，半睡半醒间这样跟右手的对话，有两三个小时。再次醒来的时候，仍然是因为痛。天亮了，整条右臂无力，手指不能动弹，像被切割了不再属于我，有点吃惊，但一切似曾相

注 | 如之前所有“声音”和“说”一样，都是无声的，Alchemy 译炼金术，但更多情况下 Alchemy 是指由一个状态变成另一个状态，像铅变成金，是“升呢”，也是 transformation。

识。*2007*年*12*月*8*日在观塘*APM*商场第三个新书签名会完毕后回家，晚上发现自己右手无力，简单如冲凉、开车门、驾驶、拿筷子这些事也做不到，翌日，已不能下床，病来如山倒……这一切在这一刻回来了，在这一刻我见到宇宙的星宿，那些我抬头联系过的星星，那些植物，*Ayahuasca*和*San Pedro*，全部都来打气支持，甚至我的团友，一张一张的面孔出现了，都是鼓励。再过了一个多小时，手指慢慢可以蠕动了，同室的*Adele*亦醒来了，坐到我的床边来，我合著眼躺在床上断断续续地告诉她过去十多小时发生的一切，她一手拨着我的头发，一手拭去我的眼泪，一边说着鼓励的说话，而在复述的过程中，肌肉又再抽搐，泪水又再流，仿佛将最后的余气迫出来。当说话变得虚无，她就将 *iPod* 插上扬声器，将海浪声和音乐放在我的耳边。

大概是八点多吧，主人家端来早餐，见到我的状态，就去找*Shamans*来，三个男人来到时已是最后阶段，我跟右手差不多谈判完毕，*Raul*完全没有怜惜之意，公事公办地说："*She's releasing*"，而且要我即刻起床吃东西，收拾出发，因为重要的仪式又要再开始了。我将暖和美味的面包塞进口里，右手依然酸痛，但是范围慢慢缩细，*Adele*笑：“这是一个过程。”我都知不能一步登天。就在走路去跟大队会合的当儿，意识到这天是*2*月*14*日，如果情人节是关于爱，那么*2010*年的这一天，是关于我如何爱自己，成功地爱自己，无条件地爱自己。听说离开这个世界之前，也是类似的回闪（*flashback*），你的遗憾、你的最爱、对你有意义的人和事会通通出现，或者你要言归于好，或者你要得到原谅或原谅他人，诸如此类……生命要结束来一个总结算很合理， 我不知别人的回光返照有多长，我却足足有十五小时的马拉松释放，最叫我感恩的是这一部分的我如果是要死亡了，我肯定已得到重生，因为我还有机会把它记下来。

*P.S.*伟大的喜剧演员 *Hugh Grant* 和栋笃笑[注]起家的*Ellen Degeneres*都说，他们选演喜剧是因为他们有太多愤怒，喜剧的根源是悲剧——如果这十五个小时马拉松释放要演舞台剧或被拍成电影的话，其实可以是几好笑，同一房间有两张床，刚才你读到的是我的情况，但每当我静下来，就轮到房间的另一边释放，此起彼落，我们没有放声痛哭，没有占去大家的空间，她有没有四十五度将身体弹起我也不清楚，全程合着眼的。生死相牵，悲喜相系，正反相连，是物质世界的本相。

悲喜相繫，正反相連。

注 | 源自 stand-up comedy，后为香港的一种用笑话引申出去反映社会现象的表演形式。

这是"Gateway to heaven"。
记得gateway
的作用吗？
穿过了又是另一境界。

小妹妹Ulissa
揹着大背包（不是我的），
是她们长不高的原因嘛？

So，2月14日马拉松释放（呕了一晚也）之后，吃了半个新鲜出炉homemade麵包，穿着一身超过24小时的衣服，匆匆漱了口，就出发爬那12000多呎的爸爸妈妈山。∵缺乏睡眠走到之前一晚的社区中心已经用尽了早安之力，小妹妹Ulissa带路，90分钟深斜路，大太阳，攞大命！爬山並不陌生但無眠空肚年过四十揹着行李就好辛苦，虚弱，又被人催——最怕被人催，即使「完美」如Manco

ULISSA & MANCO

（日友Ann通灵（channel）得知Manco有"Perfect Lemurian DNA blueprint"不要问我是甚麼，自己领会罢）∴他催我，∴扣分。

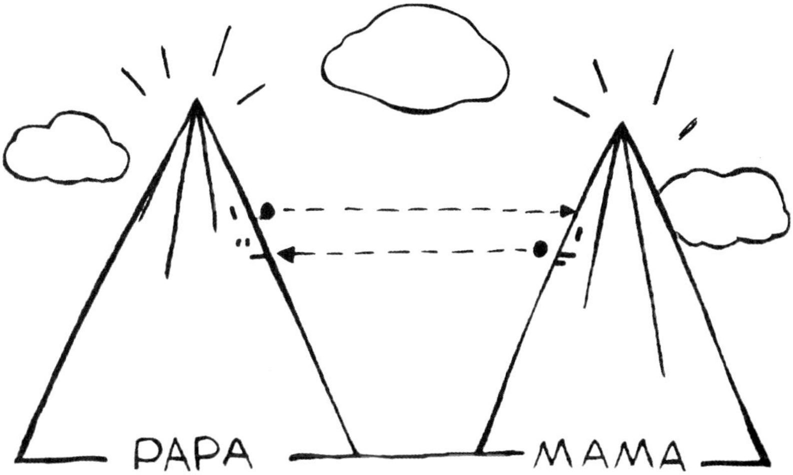

爸爸妈妈並排而列，各据一方，又互相对望。

爸爸是天堂，妈妈是地母[注]，天地之间见证我的重生——生育、生产从来不易，是一种挣扎——血淋淋、叫人筋疲力尽的——想不到重生也是大同小异。半路初头*Manco*见我走得慢，于是伸出手将我的背囊拿去，又替*Adele*拿衣服，但经过九十分钟折腾之后，他也吃不消，竟然轮到*Adele*替我拿背囊，而我则要每五或十分钟就停下来坐下。直觉*Manco*不是迷失路或走错路，就是绕了道，因为沿途一个人都没有，以之前三百多人上山的速度，总有其他人堕后。当然如果要走冤枉路也是注定的吧。虽然一路都在垂死挣扎的状态，但无可讳言，景观是一绝的，山脚比云还要高，身边除了草原就是云。

爸爸妈妈山是两座高山，并排而列，各据一方，互相对望，那么远这么近，像相视微笑的一对父母，又因为这么高，十分接近“天堂”，象征是这样明显——爸爸妈妈山就是“再生父母”。终于走到山顶，见到很多当地人和*SDA*的人，圆形大石围着的恐怕就是庙或殿，内里已经驻满了人，有乐队演奏南美的乐器和音乐，也有人起舞，也有人起坛，也自然有仪式，这应该是四大元素最后的土仪式。九成的人兴高采烈，但我很饿、很累，魂魄不齐，尝试祈祷，但精神不能集中，冒着冷汗，没看到一张熟悉的面孔，那到底是我们在妈妈山，团友在爸爸山，还是我们在爸爸山他们在妈妈山？已经不知道。

注丨爸爸是 Pachatata-the Cosmic Father，妈妈是 Pachamama-the Cosmic Mother。

爬了一小時後，雲就在腳下。

仪式完了之后，在山腰的草原上，所有团队重逢，但叫我感动的却是矮妈妈揹着大背包上山来，那是我们的午餐，而且抬着十公升左右的汽水上来，初时以为是给我们喝的，太辛苦了吧！原来是在会场卖的，生活真的刻苦。我的一点手软脚软也许是城市人被娇纵的后果，但这是我，我没有办法，而那是她，我们的相同之处也许就是尽力而为吧！午餐是简单的薯仔、大红豆、番茄，在烈日当空之下，本来颇有野餐的随意，可以晒晒太阳，但当你三十多个小时无眠，只觉得苦海无涯，虽然紫外线敏感已痊愈，晒大太阳也不会红肿，但在最接近“天堂”的情况下，三数小时之后双手已经又黑又皱又干，就因为好在我有一个大背包，掏出*Stella McCartney*的手套套上，从这一刻开始，每天都得戴着这运动手套，尽管是摄氏三十多度。下山是沿原路走，由山腰直走回码头上船，即是将三程路一次过走完，路远，陡斜，走到半途脚趾已起了水泡，膝盖像快要断开。上山固然辛苦，但可以控制节奏，下山那速度往往是累积的冲劲（*momentum*），跟之前一晚一样，要全然临在（*be in the now*），平衡这冲力，否则很容易受伤。虽然身体吃苦，但临在是好的，令人警惕而清晰。

回程的是小船，只有我们自己十来人，没有其他团了。在没有“外人”的情况下，领队*Sandra*把握时间，开始*San Pedro*经历分享会。其实较早时间碰上她，她已经问我昨晚怎样？我当然诉说“没得睡”。她答：“全队人都没怎么睡”，但却见他们个个精神奕奕的。先是*Christine*的分享，然后到我，接着是来自智利鼓励我打尖拿甜品的*Claudia*，*Claudia*之后，领队见时间差不多就抢了麦克风诉说她的个人经历。

“我经历了四小时连续不断的性高潮！”当然引起一阵哄动，她自己也十分兴奋。不过这连连性高潮的背后是这样的：“我不知你们有几多人知道我曾患癌，而作为一个*spiritual healer*，顺理成章是用各种整全或天然疗法去应付这个疾病，但试了两年之后，我终于要放弃，入医院采用西式的切割手术，这个除了身体受苦之外，最大的震撼是对我整个人的意义的否定，好像出卖了自己的信仰、对自己的信心和信念之类那种核心的东西，仿佛我一直赖以生存或将自己维持在一起的东西是救不到我的，那我还是一个*healer*吗？手术也同时将我作为一个女人的大部分器官拿走了，那我还是个女人吗？即使生命无大碍，但心理上我经历了很大的挫败感和缺失，实际上身体的痛楚也影响了我跟男朋友之间的性关系，我根本无法享

图丨庙殿中人头涌涌。

受正常性生活。”她这样的坦白，全船人鸦雀无声，另一方面我想每一个人跟我一样，对她这样的信任，感动之余，还有一种接近责任的尊重。

“昨晚*San Pedro*给我四小时性高潮就是要告诉我，我还有这种能力，我还能透过这个身体享受这样的乐趣，最主要的不是性高潮，而是切掉器官之后我还是可以整全，在另一个层次。是的，我不能够生育小孩子，但跟着我横跨世界不同角落的团友，他们全部都是我的‘孩子’，我关心他们、爱护他们、支持他们，我很早已经知道这是我的使命。*San Pedro*将我某一些通道再次打开，令我意识到自己的能力，重新有信（*faith*）。” 对比之下，我的经历也不是那么不可思议吧！当然对比其他人，我和她的经历算是最直达问题的核心，于是也最震撼。

我对她说的印象很深刻，其实在紧密行程之中，有时我也跟她谈一点私人话题，知道她属虎，印象中外国人都比较显老，所以我以为她是比我年轻的虎，却原来她是比我年长的老虎，她一点也不像四十八岁！第二个惊讶是她曾经在香港住了十七年，她一点也不像香港的外国人！她说：“我其实知道自己在香港做的事已经做完，应该要离开，但一路拖，直至上

图 1 | 在 San Pedro 的引领下经历了十五小时马拉松释放和四小时性高潮的两个人。**图 2** | 用芦苇织成的欢迎环。**图 3** | 有美白牙齿功效的鲜芦苇。

天给我不能再拖的诱因——我爱上了一个在美国工作的德国人，是我有生以来最圆满的关系，于是顺理成章我就跟着他在科罗拉多定居，然后展开事业新的一页，将世界各地不同的有心人带到他们应该要到的地方。”

回酒店度过最后一夜之前，我们探访了湖上的浮岛（*Uros Floating Islands*），是*SDA*的完结部分，在草船上*meditate*四天来的转化。浮岛其实不是一个岛，他们居住的地方是用芦苇（*reeds*）织成的，试想象家园建立在织物上，跟着水流浮游……脑袋告诉我应比长年累月住在浮台上更不实在，但亲身经验，它就如世上任何一个角落。浮岛上大概有十多户人家，也是一个小社区，这些用来织成脚下土地的芦苇，除了用来织屋织床织地，原来也能用来吃，而且有美白牙齿的功效，味道还真的不错。浮岛上的居民还特地准备了歌舞表演来欢迎我们，也不是要寻求任何金钱回报，纯粹是认识外来的人，展示他们热情之道。我喜欢浮岛居民的服饰，跟她们买了一件荧光粉红外套，“乜都知小姐”*Helena*也跟着买。

回到酒店，以为那欢送晚餐又会是三百多人，谁知道门庭冷落，可能因为我们已是最迟一班来吃的人，看来众人都筋疲力尽，匆匆吃完，没有参与载歌载舞，早点就寝，第二天就要向玻利维亚出发。

图 1 | 浮岛居民可爱的服饰。**图 2** | 手织的芦苇船。

起床。嘴痛。照鏡。嘩！臘腸，不過不是孖的，只是下唇発脹！其实之前一晚馬拉松釋放已感到乾燥裂痛，但太「忙」沒有塗潤唇膏——如今痛、醜、脹、黑/紫！吃早歺見到A，跟她說了，她回房拿Bush flower Emergency formula給我：「你一直塗，直至沒事為止。」然後在歺桌又見到C，她又回房拿医生处方的消炎药給我；跟着領隊又給了我一支「飛滋」膏，但我頗肯定不是「飛滋」。回頭告訴她，她又給我一支Tranquil精油。揹齐行李上路，不去玻利維亞的六个人神心早起來送我們，道别。縱有百般不同，這個人还是很好的。

才这样想，一上车发现坐了十多天的座位给*Fatima*霸占了，平静地跟她说：“你是否介意让我坐这里？”事实上整架车只有她一人，我不明白她就是要挑我每天都坐的窗口位，她一贯的藐藐嘴：“这座位是你的吗？刻了你的名字吗！”一边不忿一边拿了东西往后面的座位坐下来。我没有再说甚么，我有我的需要。齐人后，领队说我们先往*Aramu Muru*完成之前没有完成的仪式。是的，我们在跳湖前的那个早上曾停在*Aramu Muru*，如果你记得*Aramu Muru*就是那个捧着太阳碟的祭师的名字，而这个同名的地方是前往另一个境地的大闸门（*gateway*），石头的形状都十分奇特，不是*Sacred Valley*那种湿润的深棕，也不是玻利维亚沙漠的泥黄，而是一种像无釉赤陶（*terracotta*）的砖红色。想踏往更高的层次就在这里做简单的仪式，大石有几管像通道的石坑，够一人躲进联系，只不过2月14日那天太多团来，排队费了很多时间，所以仪式没有完结。这天离境前，完成包括*Sun Ceremony*，第二次*Condor Initiation*和横跨*Snake and Condor Spirit Valley*。

图丨石谷中各式大石都是动物和人形状，背后这块就像大鹰。

*Fatima*见车子停在*Aramu Muru*就发脾气，跟领队说：“我已经是第三次来这个地方！难道我整个旅程就是跟着你们兜兜转，重复又重复我已经做过的东西吗！”因为她是半途才加入的，我们不知道她之前做过甚么，但很明显她已经来过这里，领队用微笑回答她：“打令，要不要来，你绝对可以决定，这里没有人迫你做任何事。”*Fatima*又再藐藐嘴跟大队走。*Sun Ceremony*。从之前的篇幅你都知道我跟太阳和紫外线素敏感的故事，到了旅途这一刻，我已无惧任何正午太阳，甚么美白、色斑的忧虑完全没有闪过。这里有一块大石，长如蛇，石首有两个小凹位让双脚放进去，然后大字形躺在石上，姿势角度恰好令心口直向太阳，没有高楼大厦折射，而且石头弧度令身体一切都开放，所以接收的能量很强。接着我们走在像蛇的石山背上，石山很长顶很窄，像走大自然平衡木那样要摊开手，有些险要位置也得要蹲下扶着走。在*Spirit Valley*第一次见到动物和人形状的各式大石，除了像蛇，也有像鹰像鸟的，（据*Shaman*的文化）都是祖先或动物的精灵汇合大自然的结果。然后来到谷底，被不同形状的大石围着，三位*Shamans*就用*Condor*羽毛扫走一切我们不再需要的。最后走上山谷最高处，做第二次的*Condor Initiation*。大家都驾轻就熟了，又知道自己将会经历甚么，所以更能尽情去享受那个“像飞”的自由解放过程。完结后我们就跟*Manco*道别，新加坡*Ann*就在这里执着*Manco*的手，说了一种我们大家都不明白的语言，然后用英语翻译一次，说他拥有完美*Lemurian DNA*蓝图，他回来任重道远，要将这个世界带领提升。我们逐一拥抱，仪式美丽而真挚，跟这个朋友说再见之后，我们就再度上车。

图 1 | Aramu Muru 的天然石坑，够一人进。**图 2 |** 石首有两个小凹位让双脚放进去，大字形躺在石上，姿势角度恰好令心口直向太阳，是另一次 Sun Orientation。

FOPTUR
GRACIAS
THANKS F
Entel
BIENVEN
WELCOM
DIGESA
RED EsSalud
SENA

拉車將行李拖過边境。

POR SU VISITA
R YOUR VISIT
A BOLIVIA
BOLIVIA
PUENTE DESAGUADERO
SOBRECARGA 30TN.
LONGITUD 50 MTS.
Welcome to
HOSTAL
SAN CARLOS
S-FRONTERAS
PIW977

车子直趋*Desaguadero*，秘鲁、玻利维亚边境，出境容易，出了领事馆，我看见河上有人泛舟，美景良辰，当然这不是剑桥，但仍叫我深呼一口气，忍不住拿出相机照下那诗意图片，谁会想到其后，我会置身其中。到了边境，我们要拿出行李，安排了两部手拉车将行李拖过桥，人就走过桥。我只顾着欣赏边境的风景，然后走入玻利维亚海关，照样填表排队，而且还比其他队友先行，递表过关，却出了状况。简陋的海关，有甲乙丙三人看守，甲拿着我的护照跟乙叽里咕噜一轮，乙叫我过去另一边，给了我一叠纸，上面有*A*、*B*、*C*三组，叫我查自己的地方。*A*是超级大国如英美意法日那一种，*B*是新加坡等的小国，*C*我见到有中国，但*A*、*B*、*C*都没有香港特别行政区。所有队友都过了关，并且回头来看我，队友中来自新加坡的*Ann*也没有签证，但扰攘一轮，她可以付五十五美元办理即时签证。

至于我，他说我是*Chinese*（中国人），不能入境，我说我在香港问过领事馆，香港居民来这里是不用签证的，香港护照跟中国护照不一样。同是来自香港的*Christine*是澳洲人，她也帮口："我临离开之前也有问过香港入境处，他们也说香港人是不需要签证的。"其实临出发前生意拍档曾寄语我过关可能会有麻烦，因为这个国家对不同地方来的人的条款不太清晰，所以最好在出发前将网上的资料打印出来，过关如遇上问题就给他们看，但是我太忙碌，没有做这件事，当时就后悔了。领队跟众人说："各位请传送能量传送光，*visualize*一切安然无恙。"我合上眼，毫无困难就能看到自己在天空之镜，我亦能*visualize*到自己离开这个护照检疫站，轻松地踏进玻利维亚国度。这样拉锯了一小时，海关要等上级查询、批准，但每一个团友都说没有事的，"乜都知小姐"拍拍我手安慰，说他们可能只是想抽一点油水，想从你身上要一点东西吧，不要担心——我又真的不担心，不是因为已将一切都交托给主啊、神啊、天父啊，不是，而是我相信自己的直觉，整个旅程就是为天空之镜而出发，在这里遇上阻滞，一定是有一点甚么的教训，当来自新加坡的*Ann*搞好了她的手续，她就来到我跟前。

"*Wini*，今早你嘴唇这样子，是一个预兆，你是一个*channel*，在不在意情况下接收了这个地方的负能量，我们用嘴巴沟通，上唇和下唇接壤之处就是边境，而你的上唇和下唇状态分裂，就像秘鲁和玻利维亚的关系并不友好，偏偏你的下唇载满了负能量，这是十分富象征意义的。我相信这件事只不过是要你为意自己身处一个高能量的地方，要小心保护自己的能量场，否则吸收了负能量，会在你身上挥发出来，你的任务是担任一个沟通和桥梁的角色，

因为嘴唇就是沟通的象征，上唇和下唇之间的分裂，你要将*healing*带来令嘴唇无恙。”她平静而肯定的声线叫我像遇上高人一样，哗！好厉害的洞察力，无论这是不是事实，我对她佩服万分。

这个时候海关甲乙丙的上司出现，领队跟他用西班牙语沟通了二十分钟以上，而我亦上前叫他让我使用互联网，让他看香港居民是不需要签证，他当场就拒绝了，然后我企图用

钱解决问题，他直截了当地回答：“收了你的钱，就会丢掉这工作！所以我帮不了你。”团友的估计是因为事情已经闹大了，如果这时候他收钱的话，是会惹来麻烦的——经历整个旅程之后我就知，玻利维亚人就是一个不喜欢帮助别人的民族，各家自扫门前雪，并非见钱开眼，麻烦的话，他们连钱也不稀罕。到了下午三时半，领队决定来个了断，她跟我说：“他们不让你过，而我们在这里已搞了两个多小时，你的唯一选择就是从这里乘车返回*Puno*的领事馆办签证，*Raul*或*Don José*（*Raul*的师父）会陪你回去。”我对南美人包括领队的办事能力及领悟能力有点怀疑，直接跟她说：“不如你先打电话到*Puno*的玻利维亚领事馆问清楚吧，否则山长水远乘计程车回到去，原来是不能办的就更烦了。”这个时候那个多多事的*Fatima*开口说：“我的签证是在*Puno*拿的，因为出发之前上网查看新加坡护照可以在哪里签证，最近的地方是北京！我不可能去，但是新加坡护照可以在秘鲁做，所以我就在*Puno*办理手续。”直到这一刻，我都坚信自己是无辜的，是他们在行政上出了麻烦，因为我记得我打过电话，对方是斩钉截铁地跟我说：“香港居民不需要签证。”但是时间越拖得久，我开始怀疑我到底只是打了去秘鲁领事馆就当自己问了所有领事馆，还是真的打了去玻利维亚领事馆，我开始不肯定了，我只能肯定的是有官员跟我说：“香港护照是不需要签证。”

当他们打电话到*Puno*领事馆查询，对方一大轮西班牙语在*speaker phone*发放，翻译成英语就是中国和香港护照需要签证，如果在*Puno*办理，时间是一个月——领队竟然跟我说：“那么你回*Puno*等我们吧，*Manco*可以陪着你，六、七天不成问题。”六、七天不成问题？我当然不会回去等你们六、七天！心里大叫，但是表面十分平静，当其他队友陆陆续续在领事馆旁登车，我跟领队说：“你要想办法运我入去，甚么方法我不管，总之我要去。”她和*Raul*望着我：“我们正在想同一件事，你能躲在行李箱中一小时吗？”“无问题。”他们继续用西班牙语讨论。竟然没有一丝顾虑，也没有恐惧，只是知道我要去，这个方法行不通，还有

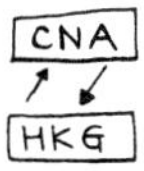

甚么方法……这种镇定，除了大胆，也是因为知道，我知道为甚么事情会这样发生，因为我批判和不欢迎*Fatima*，又因为南美洲是能量这样高强的地方，无遮无挡，因果来回要比香港快得多，只数天的时间，就报到我身上来——我同样被别人批判和表示不受欢迎，我被拒绝入境。*Raul*跟我踏出领事馆后，走回到桥的另一边折返秘鲁领事馆，*Raul*说：“你在这种地方根本就不应该架太阳眼镜和穿这么鲜色的衣服。”真是冤枉，我没有架太阳眼镜，只戴着口罩，然后把身上鲜黄色的*Nike*风褛脱下来披上*Mercibeaucoup*黑白格仔围巾，将所有颜色掩盖。回到秘鲁领事馆，我再填表，匆忙间在国籍栏又再一次填上“*Chinese*”，被秘鲁领事馆官员打回头。

再次回到秘鲁境地，跟着*Raul*走，这天是他们的*Chaya*嘉年华，街上没有甚么人，店铺都关门，赶去凑热闹了，“不要担心，装一个很开心的样子，就像我们是情侣那样！”一直走到一堆车子旁，*Raul*上前查探，但司机全部都摇头，要赶赴嘉年华，没有计程车，只能继续走。其实我不知道我们要走往哪里，但很快就走到岸边，登上一只木舟，舟上有两男一女的本地人，他们用西班牙语问我，我大概都听得懂，都是问你是哪里来要往哪里去，我用法文回答，他们又好像听得懂。就这样我就坐在之前拍下的美丽木舟上偷渡过河。诗意吗？我还能感受到诗意，那天空有着七抹不同的颜色，一切柔和，清风拂面，过河大概是三分钟的事，就这样由秘鲁的边境走到玻利维亚去，上岸后一直走，也不太肯定*Raul*是否知道他正往哪里走，因为他不是玻利维亚人。我依然平静，但内心和外在世界已不一样。*Raul*指着前面：“我们往坟场那边走！”就跟他往坟场那边走，才五分钟，见到坟场门口有一架旅游车，队友已在等着我，一上车，每个人给我热烈的拥抱亲吻拍掌*Hooray*！今次我是真切地用心跟*Fatima*拥抱！

图 | Rio Desaguadero 。

身處祕魯的魔幻現實，也開發了自己的可能性。

LIMITE VIAL
TERMINA PUNO
COMIENZA CUSCO
LA REGION PUNO
LES DESEA
Feliz Viaje

SSHH
UNIVERSIDAD NACIONAL DEL ALTIPLANO PUNO
UNA
PUNO

Ch 16.17

tears come [illegible] down. Solar Plexus
wrenched, heart wrenched, the
heart ache. It's all coming
back [illegible] childbirth FEAR MATRIX CORE
(1st it's all fire) All in Solar Plexus & right brain
There's Arturius, Jesus, Michael, Mars
- it's 1st encounter & all
Sam's love
I know. & I want to
"it was his love"
"he deserves to know
hold it forever
but his love capacity" I gave it back. I
don't need it now. This love had already
taken new form — AIDAN — & Aidan is enough
proof of its ever existence. I will love
him from another place. like to

1st annual B.D. life time achievement award
then came CALL ABOUT BLESS, Bette
Davis from [illegible] to [illegible]. evil to innocence.
all the burden all that what she's fought
for femininity/female she said to me "you
are going to go farther than I do. I have
open doors/gates for you." EVE all those
female originals — I find myself carrying
all of them, in right arm, 1st the
crucifix of humanity, then all female
~~[illegible]~~ creation, suppression, abuse,
pains of suffocation... everyone I know
came before me [illegible]. [illegible], [illegible], [illegible]
Bette Davis. Then when resurrect, it comes
[illegible] as a child, how
I abuse him as a child
give forgiveness him → me me → me. → then I
finally touch
my ego. I ask it to go back to where it came.

在San Pedro藥力下做的筆記。

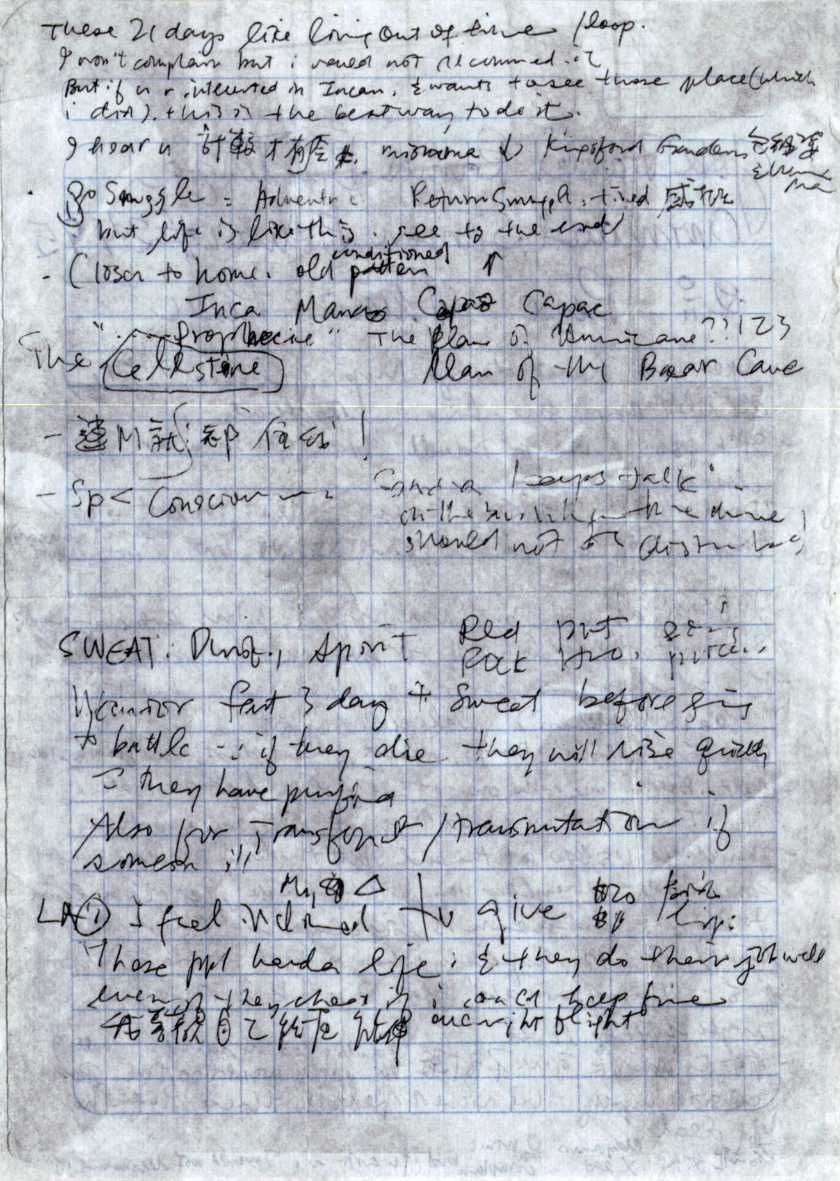

These 21 days like living out of time / loop.
I won't complain but i would not recommend it.
But if u r interested in Incan, & wants to see those place (which i did), this is the best way to do it.

I hear u

- Go Smuggle = Adventure   Return Smuggle, tired
  but life is like this, see to the end
- Closer to home, old conditioned pattern

Inca Manco Capac

"... prophecie" The Plan of ...
The Celestine
Man of the Bear Cave

- Sp < Conscious ...

SWEAT: Purify, Aport Red Rock

Warrior fast 3 day + sweat before going to battle — if they die they will rise quickly for they have purified

Also for transformation / transmutation if someone ill

LA ① I feel inclined to give

Those ppl harder life; & they do their job well even if they cheat

在吉普车上做的笔记。

- Munay Tea @ Amantani -
5:30pm 14-2-2010

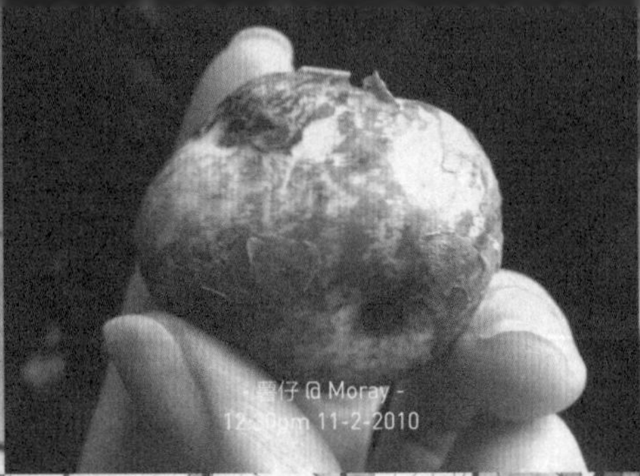

- 薯仔 @ Moray -
12:30pm 11-2-2010

- 沙律 @ Larcormar -
1:05pm 5-2-2010

- 小花 @ Amaru Machay -
3:45pm 6-2-2010

- 七彩教堂玻璃 @ Aranwa Resort Hotel -
8am 8-2-2010

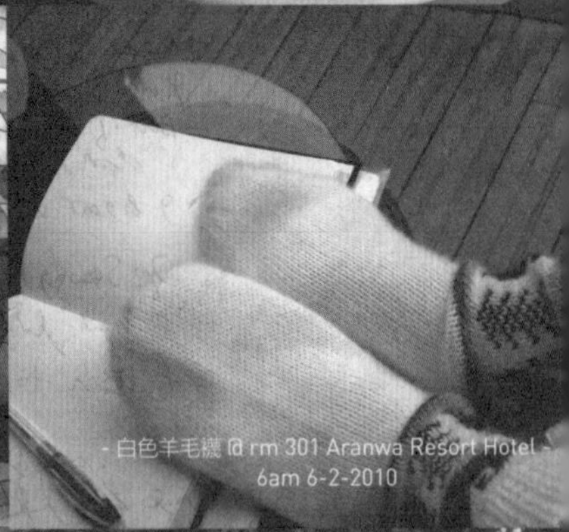

- 白色羊毛襪 @ rm 301 Aranwa Resort Hotel -
6am 6-2-2010

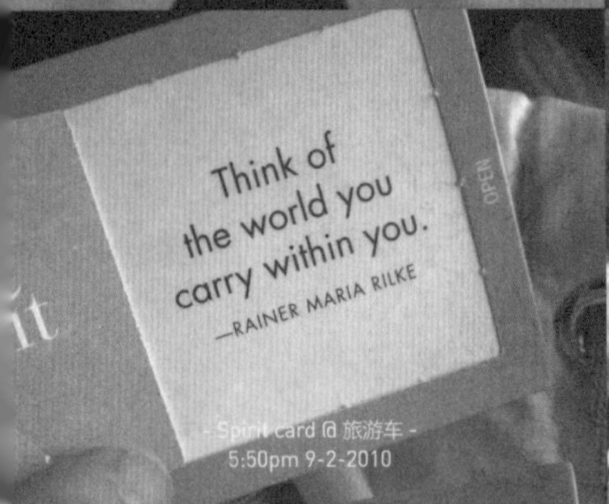

- Spirit card @ 旅游车 -
5:50pm 9-2-2010

- 呐喊摇棒 @ Uno Orqo 婚礼 -
4:35pm 9-2-2010

- 从新郎新娘颈上剪下来的纪念品 @ Uno Orqo 婚礼 -
4:40pm 9-2-2010

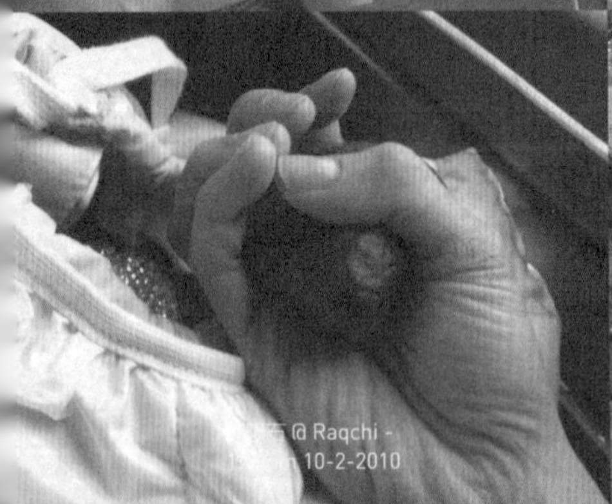

- [illegible] @ Raqchi -
[illegible] 10-2-2010

- Munay[illegible] @ Aramu Muru -
12:3[illegible]pm 15-2-2010

- 羊毛手套 @ Cutimo -
5:05pm 12-2-2010

- Boutique hotel外的码头 -
12:20pm 13-2-2010

- 码头 -
12:26pm 13-2-2010

- 矮妈妈的热汤 @ Amantani -
8:26pm 13-2-2010

- Coca Tea + Pisco Sour @ Cusco -
1:50pm 6-2-2010

- Quinoa Soup @ Cusco -
1:20pm 6-2-2010

- Quinoa Soup @ Huayllabamba -
4:05pm 7-2-2010

- 秘鲁水晶 @ HK -
4:10pm 7-8-2010

- 草泥马 @ Uno Orqo 婚礼 -
5:08pm 9-2-2010

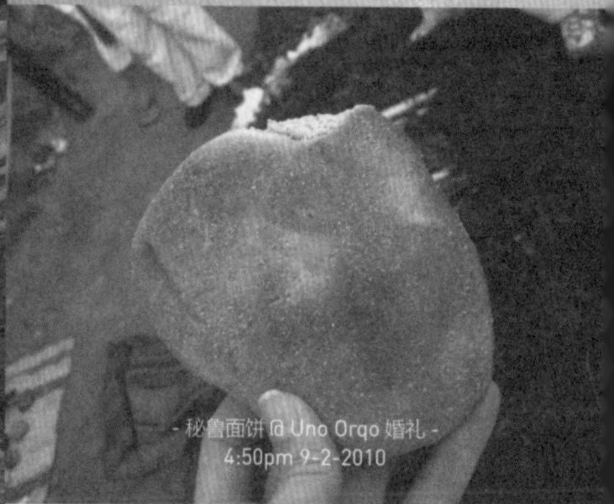
- 秘鲁面饼 @ Uno Orqo 婚礼 -
4:50pm 9-2-2010

- 手织腰带 @ Cusco Novotel门口店 -
1:50pm 10-2-2010

- Alpaca羊毛制品 @ 雪山前 -
4:50pm 11-2-2010

- 我在B酒店的房间连花园 -
5pm 11-2-2010

- Boutique hotel @ 码头 -
12:06pm 13-2-2010

- 包 @ boutique hotel -
12:15pm 13-2-2010

- 餐厅 @ boutique hotel -
12:12pm 13-2-2010

- 手织芦苇示范 @ Floating Islands -
5:56pm 14-2-2010

- Aramu Muru -
12:22pm 15-2-2010

- Aramu Muru -
12:22pm 15-2-2010

危機令人清醒，也令人謙卑，謙卑的心看甚廣也感恩。

☼ 第三部 / 玻利维亚

我慢慢懂得玻利维亚不友善的背后，
可能是一种跟自己性情相近的性格。

第二十步｜一切自有安排

天上突然出現一抹粉紅色的光。

上車跟团友会合後，坐下來，推開大窗呼一口氣，靜下來，知道三件事：① 我是被支持的，即使身在一群陌生人中 ② 只要我想，就能做到想做的事 ③ 如英諺所說：「when there's a will, there's a way」，當我双手蓋心口跟大家鞠躬說：「謝謝你們的支持！」我是由衷的，同時感到語言的限制，這些老掉 

大牙的謝幕詞不足以表達内心百分之一的感激，但事情並沒有完。

大巴士（領隊說玻利維亞坐車的時候很長，甚至要过夜，∴雖然人數比之前少，但她換了一輛大巴，讓每个人都可以用上兩至五个座位，要坐要臥都可以）開駛沒多久，就來到另一个護照檢疫站，所有人都要下車过檢，∴是大巴士，車尾有廁所，我就躲進廁所跟車过檢，他們下車前都來安慰我：「不要担心，一定沒有事！」

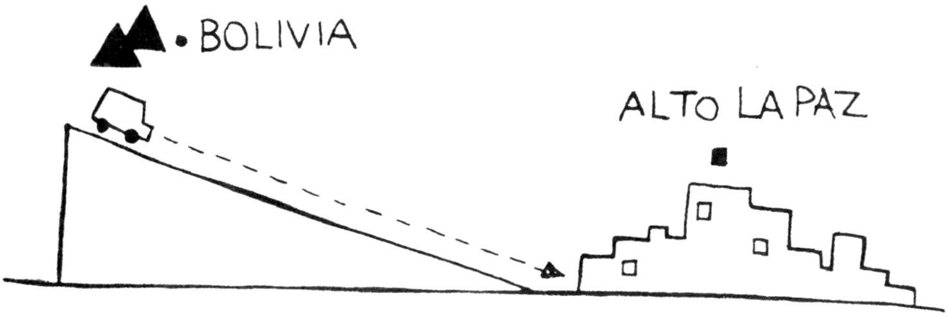

La Paz是个山谷城，入城之路是不断「走下坡」！

我都知一定没有事，一个人瑟缩在厕所板上，洗手盘上有一片小窗，盯着窗子，看不到甚么，突然有个想法：把这一切记下来。再过一阵，叮！这可以是一本书。我是在厕所板上非法入境的一刻决定写这书的。*The Pirate in me*站了起来［注1］，或我的*P DNA*发作［注2］。

顺利又过一关，因为过境的延误，当巴士抵达*Tiwanaku*时遗迹已关门，日落时分五时多（玻利维亚跟秘鲁有一小时时差）大家都饿了，餐厅只有*llama*羊肉和菜，选了菜。当我们站在铁丝网外观看这*Tiwanaku*印加遗址，*Raul*一边解释印加的建筑智慧，及西班牙殖民政府尝试拿走这棺木似的人形石块回皇宫，但出动任何科技和人力都无法移动的时候，天上出现一抹粉红色的光，*Raul*静下来说："*The Cosmo responds*"。

简单饭餐后，我们驱车入*La Paz*，原本的行程不是这样的，*La Paz*原是尾站，由*La Paz*飞回秘鲁再回家，但因为遇上他们的嘉年华，我们要去的地方都关门，所以改行程先去最南面的天空之镜，然后再去*Copacabana*（不是*Barry Manilow*歌颂巴西的那个*Copacabana*，但那个*Copacabana*是跟这个美丽港湾*Copacabana*命名），由*Copacabana*乘车回去秘鲁的*Juliaca*机场回*Lima*。照原定的计划，我根本不能在玻利维亚登机，因为没有入境记录，如今改为乘车过境，反而一切无问题！领队就笑："你看看这宇宙如何运作！简直是天衣无缝！"入*La Paz*城市之前，我们要先经过*Alto La Paz*，这里有四千多米高，也就是万多英尺，车子在山顶，城市

注1 | 畅销书（*The Pirate's Dilemma*）对Pirate的诠释是不理规矩潜进没有人到过的地方寻找可能性。这书也是尝试陈述现代世界的海盗创新精神，为甚么要由海盗或用海盗的方法来做，在没有报酬保证和于法不合的情况之下，依然愿意深入未知的一种精神。**注2** | P DNA，P是Punk，P也是Pirate，同而不同，但都是一种反叛精神面貌。

BAÑO

在山谷，窗外一片黑，但往下望，窗下一片灯火闪烁，像黄白灯花海，玻利维亚不像秘鲁那样热衷宣传自己的好处，不稀罕旅游业发展与否，没有报名去选甚么夜景城市第几位，相对之下，我住在夜景出色的香港，也到过北海道函馆，老实说，眼下的*La Paz*就赢函馆，但维持虚名是要卖力经营的，我慢慢懂得玻利维亚不友善的背后，可能是一种跟自己性情相近的性格。*La Paz*的街道很热闹，车子进入城市之后只能寸进，男男女女戴了高帽，都在街头起舞，不是那种随着音乐自由乱跳的，而是很有组织的一男一女起舞，穿上他们自己造的金银七彩舞衣，贫瘠落后的城市风景却又充满生机，他们的嘉年华就是庆祝重生的！廿多小时前在秘鲁的爸爸妈妈山启动重生，然后在这里继续，是巧合？我倾向相信一切早有安排，因为“讯号”太明显。

旅游车终于停下来，酒店又残又小，有团友不满安排，我既来之则安之——我是偷渡客嘛，甚么都得试下！又看看它能有多坏！开了房门，没有浴缸，跟*SDA*期间的房间一样简陋，连漱口的胶杯也没有，房间已经向内街，歌舞仍然响声震天，枕头太高，但胜在还整洁，幸好我有耳塞，之前买下的两张毛毡，终于派上用场当枕用，*I love myself for being so resourceful*！

图 1-2 | 人群在街头起舞，车子进入城市后只能寸进。

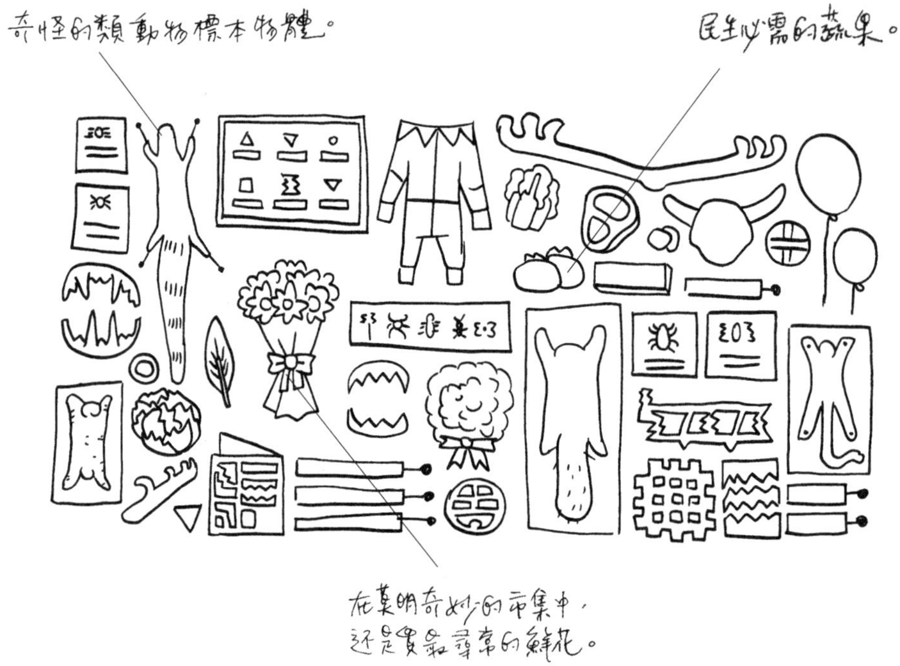

晚上抵達La Paz残舊酒店時，嘴唇的腫毒已消退了七成，誰知翌日起來又腫脹到臘腸那樣子，吃早歺時告訴同枱的Don José，他說我要多吃木瓜、飲乳酪，二酵素能消炎（他說西班牙文，乜都知海倫替我翻譯，我倆已經同声同氣）。Don José叫我用水瓶  、裝走酒店整瓶草莓乳酪，膠水樽因而變得「黐涸涸」，我就返回房間拿了一條小毛巾包着水樽然後上車，誰知在車上等其他人兑換當地貨幣的時候，竟然有酒店員工追上來說他們丟了一條小毛巾，我唯有將毛巾交回。

他們到底是效率高？是吝嗇、是貧窮？还是純粹是「我們的東西你不能拿走」的原則？

行李与人都齐了，我们就朝*Salar de Uyuni*天空之镜出发，车子离开市区之前先停市集，购买吃喝用的。认识一个地方的生活文化，逛他们的市场恐怕是最快速的方法，一般民生所需，例如蔬菜水果肉类当然都有，但更多的是卖绣球鲜花和剪纸装饰品，甚至很奇怪的类似动物标本的东西。*La Paz*的街道沙尘滚滚，没有水泥混凝土铺盖，市集对面就是荒芜或破烂屋子，渺无人烟，但奇怪地荒芜中有一所杂货店挂着干净的小丑戏服，我拿着相机猎影，越看越觉得耐人寻味。入境前我对玻利维亚的唯一认识和印象，就是来自电影《神枪手与智多星》（*Butch Cassidy and the Sundance Kid*），后来看精装*DVD*版，才知道电影主角虽然是两位玻利维亚大盗，但电影甚至不在玻利维亚取景，只是往墨西哥搭景，就这么多，但荧幕上的沙尘滚滚与空无一物还是印象深刻的。玻利维亚的荒芜不止是贫穷，而是一种清癯[注]，又像一种干练、饱经风霜而没有多余枝节的荒芜。某程度上可以说是十分有性格的一种荒芜。上车后，*Christine*拿出两袋剪纸装饰品和汽球说：*Let' s Party*！横竖要坐十多小时，不如将大巴士布置一番。西方人的思想真的跟我（们）很不一样，我只着眼于不环保和浪费，及清理

图|将大巴士布置一番。**注**|同清瘦。

时的辛苦，他们却有理无理庆祝一番，找个借口哗叫一轮，竟然还买了无聊的喷泡和纸碎，弄得巴士脏兮兮，*Raul* 玩得最癫，将喷泡周围喷。我敷衍一阵后，觉得要划清界线，就拿出雨伞来挡，而且严肃地说：不要搞我！我望着他们制造的垃圾，摇一下头就返回自己的 *iPod* 世界。后来 *Fatima* 递来一叠天使卡，一抽就是“*Divine Plan*”，连同出发时他们递来的 *Osho Zen*，拿的是“*Innocence*”，仿佛在另一个层次我们放下身段又再出发了。

三小时后，我们进入沙漠的边陲。出发前领队曾说玻利维亚比秘鲁更冷、更干和更辛苦，后两者是真的，但车厢比秘鲁更热，大概是因为沙漠的缘故。大家都饿了，方圆十里也没有餐厅，就在沙漠野餐，都是领队和 *Raul* 买来的烘饼、面包、番茄、洋葱、柠檬，及一些罐头吞拿沙甸鱼，加一些调味，竟然也有一般西班牙 *tapas* 的风味。因为没有洗手的地方，我对众人的手是否清洁始终不太放心，所以只挑了最安全的来吃。众人在忙，我负责的就是为他们打伞，下午一时的沙漠太阳真的热情如火，不能说笑！

图 1 | 市集街景。嘉年华的关系，通街都是剪纸装饰品摊。**图 2** | 奇怪的类动物标本。**图 3** | 荒芜中杂货店挂着干净的小丑戏服。**图 4** | 领队和 Raul 买来材料，加一些调味，在沙漠野餐。

饱肚后继续上路，两、三小时间，沿途的风景不断变，然后大巴士停了下来，原来去路被阻，因为嘉年华的关系，原本在进行的工程停了，沙泥挡着去路，兜转了两次都找不到其他路口，于是所有男丁唯有下车将沙泥搬在一边，好让车子驶过。

荒芜的地方没有餐厅，自然没有洗手间，我们返回最基本的需要，城市生活的奢华与浪费，即被立体地对照起来。其实每一次长途旅行都有这种感觉，原来只带两、三件行李就可以离家这么长时间，那么我的需要其实很有限。有人会认为坐十多小时车岂不闷疯了？一点也不，在秘鲁上山落山超过十多天，其实这一程长途车来得正合时，窗外大自然不停变面，例如我发觉有一团云，车子无论怎样驶，它都在不同的角度出现，无论在草地、泥山上，正午、黄昏，它都有不同的面貌，拿着相机追着它，不经不觉就过了五小时。玻利维亚的地理也有趣，你以为沙漠贫瘠吗？突然又有小黄花青草地，拐了两条泥尘路，又会出现玉米田，过一阵又有水塘，不像是海市蜃楼！接着火山、云海不断登场，开始有点明白为甚么她会成为日本人的旅游热点，因为这些自然景色都是亚洲、欧洲没有的。

图 1 | 等候障碍移开时跟影子造像。**图 2** | 沙漠中的建筑物，颜色精致。**图 3** | 不知怎的每团云都像精灵，这团像叠起手的老师。

其实领队也不知道入*Salar de Uyuni*的时间要多长，她告诉我们应该是晚饭时候就可到达，可是当地时间七点多天已差不多黑齐了，我们来到一个村落，洗洗手松松手脚，那里也有餐厅。在玻利维亚去洗手间是要付钱的，洗手后领队说："*Wini*，你过来。"餐厅的桌子上放着三个杯面，她说："今朝在市集见到这个，但只有三杯，想再买多一点也没有了，我知道亚洲人不吃热食是很辛苦的，所以你们好好享受吧！"那一刻，除了感谢，还是感谢，她要照顾这么多人的需要，旅程亦疲累，但还是会花心思希望团友开开心心，这种守护相望的精神，大学毕业之后已很久没有体验过。那个杯面是写韩文的，打开嗅嗅是辣味，我不能吃辣，只洒了丁点味粉，一边吃一边感恩，跟*Ann*和*Andy*捧着胶杯，"农历新年呢，新年快乐！"

吃完面走出店，我发现嘴唇差不多好了，然后车外传来音乐声，探头看看，就已经被当地人拉着跳舞去了，他们还在嘉年华！在朦胧入夜间，在仅仅能看得见的情况下，他们还拉了好几个女团友跳舞，那步伐也不难学，两三个圈就上手了，在无垠的沙漠中，我被陌生男人拖着手跳舞，竟然这样愉快！没多久就发现*Raul*伸手过来拉，原来他要将我们"救"出来，上车继续旅程："女士们，这样跳下去会跳到天光呢！"

图 1 | 拿着相机追着这团云，不经不觉就过了五小时。**图 2** | 在朦胧入夜间，当地人拖着手跳舞，继续嘉年华。

第二十二步 | 银河就在眼前

深入沙漠沒有路燈，感覺危險。

再上車，天已全黑，領隊鼓勵大家：「我已跟酒店联絡，美味的晚夕正在等候我們，很快就到！」但這「很快就到」太像『狼來了』，這几天聽得麻木，每次都不兌現……沒有人認真看待這番話。深入沙漠沒有路燈，只靠車頭燈，自然也沒有所謂馬路、路牌，一方面感覺危險，另一方面又相當刺激。

就在黑麻麻中過了一小時後，「乜都知」韋倫突然叫起來：「The Milky Way!」銀河就在眼前。

先在Resort酒店初賞星空的美麗，然後在Amantani島上跟火星聯繫，給星宿包圍，覺得餘下的人生尚有甚麼願望的話，就是住到一个能看見星星的地方，但這兩次的星都不及眼前的銀河……它真是一條光柱那樣灑下金粉，不是島上那种大包圍；而當銀河星星就在眼前，感覺是被眷顧的。大家都努力拿起相机搏命按下快門，但沒有一部相机能拍到星星，我的相机只能拍到几点像污漬的物體。

银河就在眼前。

按下快门三十格之后，才心息放弃，改将眼睛、面孔挂在窗边，情深款款地望着这宇宙星辰，仿佛眼睛在吸收它们的精华，如是者盯着它们三小时。不可思议的不是我的眼力，而是无论车子怎样转，银河都是在头顶眼前，再一次印证时间不是直线而是环回的曲线，存在了数亿百万年的星星就这么近（在跟前）又那么远（数亿百万年）。尝试描述它们的美丽是多余的，没有这种语言，也没有文字足以描述那种感觉，只能很珍惜，不愿意眨眼，因为不知道甚么时候可以再见了。（你看到的漂亮图片是后来问《新假期》编辑借的，因为他们携带了特别的仪器去拍星空，但他们看到的星空跟我看的有点出入，不是河形的，而是大包围的。）回来后留意起星空的作品，在日本*Cibone*书店就用一万日元买下*Thomas Ruff*的黑森林写真，因为除了黑森林，还包括四页星空拍摄项目[注]，仪器太厉害，美得像假的，拍出来像用电脑造的完美，所以有时肉眼看过的东西记不下来，经历过的感受不能用语言文字说出来，其实也是好的。地球、生存、人类，本身就有其神秘的一面，只不过我们被训练成不能忍受未知和神秘，硬生生要将它定型定性才能感到安心。有机会的话，我真的希望你也能感受这种宇宙力量，不单是它有多伟大你有多渺小，还有“存在”本身的神圣和不可思议。

注 | Thomas Ruff 探索科技和自然的关系，用低清 jpeg 捕捉黑森林的大树阳光，或用 ESO（欧南天文台 /European Southern Observatory）高清望远镜摄录银河，这是他在智利部分安迪斯山所拍到的，跟天空之镜的天空非常接近。

Every night I tell myself,
"I am the cosmos, I am the wind"

Pete Yorn & Scarlett Johansson <I am the cosmos>

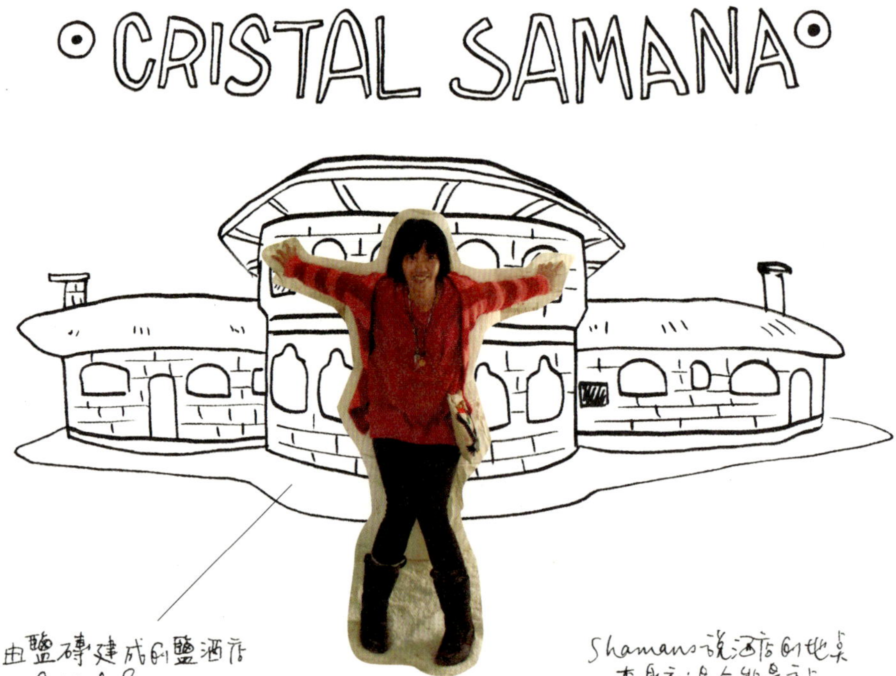

由鹽磚建成的鹽酒店 Cristal Samana。

Shamans說酒店的地點本身就是个能量高點。

坐了十七小時橫跨沙漠來到酒店已是午夜十二時，下車第一件事不是跑到餐廳吃那所謂晚餐，而是拿着相机瘋拍照——這裡就像个主題樂園。鹽造的酒店沒騙人，樓梯、地面、牆壁，甚至餐桌真的是由鹽造成，當然浴室有其例外，地上鋪了瓷磚，沐浴的地方也加了膠片，但上下左右还是鹽磚。沙漠天氣乾燥，細菌難以生存，自然也沒有鹽的腥味！它最特別的地方是將鹽當雪那樣用，於是有很多鹽堆成的公仔，由雪人到魔鬼甚至聖誕樹！赤腳時也就是鹽粒腳底按摩。

图 1-4 | 午夜抵达 Cristal Samana，我得到 Puma 房间，盐造餐桌、水吧和浴室。

天空之镜大部分酒店都是盐造的，而我们入住的盐酒店是高能量所在地，它本身就是一个神圣点。睡不了多久，朦朦胧胧间有人敲门，合着眼去开门，也不知道她是谁？只听到对方说："他们现在往外边做仪式，你要参加吗？""是否必要的？""不是，随你喜欢。"我摇摇头就返回床上，拿着那剪毛被铺继续睡。没多久起身梳洗，又有人来拍门，今次是一队人，像万圣节来讨糖果的或是圣诞来唱圣诗的走入我的房间，将仪式成果传递给我。这个时候领队见到墙上的*Puma*："当然*Puma*是属于你的！"这才知道每间房都用不同的动物作主题布置，而房间不是我自己挑选的，只是由柜台分配。

到玻利维亚的高点是天空之镜，到天空之镜的第一个高点是入住盐造的酒店*Cristal Samana*，不单奇趣，而且美感、舒适度满分，忍不住买了用过的被铺抬返香港！因为坐落盐田，不能铺电话线，酒店没有电话，只能靠代理用对讲机订房，是整个玻利维亚旅程住过最好的地方。天空之镜第一间盐造酒店被政府关闭，因为排污处理失当，污染盐湖。回港后一铺上那张毡子，就带我回到那别致时刻。

图 1 | 盐看上去像雪。**图 2** | 睡不够，精神却出奇地好。**图 3** | 吉普车迟到一小时，我们边等边做 healing。

意味著除了自己站起來，我們也有力量幫助別人站起來。

眾人先圍圈，然後躺在鹽面上吸收太陽精華，再拉著手一个一个地拉起對方，站起來。

這可能是最接近太陽的地球表面。

一直好想要的就在面前，有甚麼感覺、反應？通常是無語的……沒有文字能形容。……本來是沒有這段文字……文字不足以描述我踏入天空之鏡（Salar de Uyuni）後的解放和雀躍。後來讀到心理學家Maslow所寫的Peak Experience頂峰經驗，就知道這是我人生中的Peak Experiences（註）之一。

天空之鏡也是一个世界之最（superlatives）的匯點：全球最大的鹽田、最大的鋰礦（lithium reserve）、最佳校準（calibrate）人造衛星的位置等等。

旅游杂志记者来问关于天空之镜之旅。

1 “辛苦吗？”辛苦，但那是一种你不会记着的辛苦。是的，在茫茫沙漠中驱车，车子走的甚至不是路，只是在沙漠或盐田面上不停地向前，不知道目的地，不知几时到，不知几时有得食，不知几时可以上厕所，而且盐田、沙漠都在万英尺水平以上，在这个层次是辛苦的。但景观太奇特，太难得，瞬间就将辛苦抛诸脑后。

2 “到了天空之镜，有失望吗？”的确，我没有像其他人那样可以等到下雨过后的天空之镜，我得到的是烈日当空闪闪生辉的水晶盐田天空之镜，来回三十多个小时没能“照镜”，值不值得？还是值得！因为即使得不到它的最佳面貌，这也是自然奇景，一望无际，在广阔无垠的盐田上，蓝天白云白地，吉普车勇往直前一小时，没有路牌也没有道路标记，那么司机怎么知道自己正朝往哪里呢？他也坦白说：“只能认着旁边这些山、岛。”其实那些是山还是岛也说不定——这就是它奇妙的地方了，当我们到达那个鱼岛，放

注丨顶峰经验（Peak Experience）是一种超越状态，超越生活的现实琐碎而获得喜悦、自信、能做你以为不能做的事。 图丨一跳下车，就向大地之母敬礼，用贝壳滔了水回馈大地，简单的感恩仪式。

文字不足以描述我們踏在天空之鏡上的那种解放、喜悦、雀躍，但身體語言卻能道出一二。

眼尽是来自日本和欧洲的年轻人，身形健硕，男的光着身子，以为在上演（*Beach Boys*），岛上尽是珊瑚礁和仙人掌——也就是说这个地方曾经是深沉的海洋，也曾是干旱的沙漠，想想这样的奇妙和时间感，就感到存在的伟大，要几多个万年才可以养出深水珊瑚？又能孕育沙漠特有的仙人掌？其实到了盐田得到甚么天气，都是得到不同的美好，阳光普照就是天地人的直线能量充电（*alignment*），雨后湿润的反影就在天空之镜中看到自己，无论你怎么走，镜子都跟着你，换句话说，所有面具都要放下，再没有假装。

3 "会再去吗？"不知道。但如果要从头再选择一次，我会作同样选择。人生就是有这种时刻：好辛苦、不能掌握、不知道结果，但你知道要去、要做。就是因为那么难去那么辛苦，于是不是很多人做，你得到的东西就相对地奇妙而珍贵。

是的，玻利维亚摆明不欢迎中国人，但是地球的美不应被政治所支配或影响。团友都说，我一踏进天空之镜整个人跳脱了，不同了，像突然脱绳的猴子。是的，这地方跟我有特别联系，照出我的本色。那里连电话也没有，能住在那个世界吗？未必，就是因为不能，所以更加难得，更加记得。

图 1 | Shamans 相信万岁的仙人掌都是祖先和精灵的化身，所以都具有人形。**图 2-5** | 团友都说，我一踏进天空之镜整个人跳脱了，不同了，像突然脱绳的猴子。

火山在「呼吸」！

我們是如何選擇朋友的？像第3章的相識晚会，要在一堆陌生人中選拍檔，或要選一个陌生人的旁边坐下，你知道自己憑的是甚麼準則嗎？会否先看対方樣貌、打扮，從而衡量其為人、性情、職業、背境諸如此類？如果她/他開口，声調、用詞会給我們更多資料。物以類聚，我們下意識希望跟接近、相像的人走在一起。比如說晚会上，來自三藩市說西班牙語戴墨鏡油頭的墨西哥人 Hector 就是最後一个我会選擇的人，
但我沒有選，接受天意和安排。

打量他人，用的是心智（mind），交往下來，就是用心♡

初見面，覺得領隊 Sandra 十分和善，比照片年輕，香港澳洲人 Christine 十分漂亮，藍灰色眼睛像水晶球透視著一切，有女皇威嚴；然後杜拜保羅之 Carina（突然結婚），Carina 的美貌像天使般令人渴望親近；但時間一过，内在美一定贏外在美，星加坡 Ann 之 Andy 人品極佳，他倆跟我一樣，不是刻意的自我隔離，但一樣不会跟任何人太親近；我想，這就是君子之交。

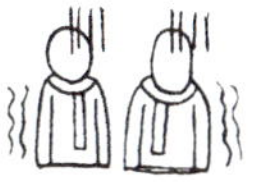

所以在玻利维亚沙漠的吉甫车上，即使路上颠簸，但跟他们同车是较好的安排。坐前头的是领队，中间的是我、*Don José*和司机的妻子，他们都不说英语，安静适合我，后座就是*Ann & Andy*。车程辛苦，但难熬的是不知几时完，看不到尽头。领队也是第一次亲身经历玻利维亚，司机告诉她七点钟应该到达酒店，但七点钟我们还在沙漠中，前路茫茫，在那些不是路的路上颠簸，后座的两位朋友已经面青口唇白，多次用香薰精油撑着，甚至要停车，好让他们回气。我身体没有事，精神也还可以，因为高山大漠对我来说实在是太罕有了，但到了晚上九时许还是在黑暗的沙漠上前进，积极正面的心情备受挑战。

所以當*A & A*提出：“明天我们可不可以不早起？自己租辆车会合他们，然后明晚自费多住一晚酒店，再租车子返回市区会合他们？”我觉得是合情合理的，我们不是来捱苦的吧，又不是走难，犯不着这样吃不饱睡不够，向领队反映这个意见，她说可以考虑。晚上十时我们终于到达*Tayka*酒店，这酒店像个山洞，一走进去突然凉快，一切非常原始，只有石头的颜色，但原始有原始的风味，我颇为喜欢，“乜都知”海伦一见到酒店就黑面说：“我不是付这个钱住这种地方。”我说：“如果明天真要去看甚么日出，只有三小时的睡眠时间，我不想去。”她附和：“我也是，绝对同意！”也不待梳洗，放下行李就进去吃晚餐，已在座的有另一车的三人，她们在开红酒，我因为太疲倦，只希望赶快吃完碟上的东西（只有羊肉，所以又是吃素了），就回房休息。

等食物的时候，我随意地将*A & A*的提议跟她们说了，以为她们的反应也会跟领队或海伦那样，谁知澳洲人一面严肃：“辛苦？我们每一个人都辛苦，但这不是拖延或减省行程的原因或理由，我很辛苦才调到这么多的假期，来到这么远的地方，我希望看最多的东西，去最多的地方，所以我不希望被任何事情打乱行程或省掉节目或住多一晚酒店，而用另一天坐十七小时车返回城市！”她的眼耳口鼻全部向下，表示极度不快。印度人*Fatima*也显本色：“照你这么说，我们甚么也不用看啦！然后住一晚酒店，再用另一天坐车！”我忍不住答：“你没有看到*A & A*的面有多白，最后几小时不停呕吐，我只不过觉得这是一个旅程，犯不着用命去搏，如果身体不适，行程是可以迁就人！”不知是因为疲倦还是因为饿还是觉得她们缺乏同情心或同理心，我发觉自己越说越大声，然后看看她们的面孔，觉得是浪费口水，也就沉默低头吃光碟上的东西就算数。

*Christine*却不罢休：“*Wini*，我希望你不要以为我是跟你作对或是要跟你吵，但我真心认为更改行程是不负责任的，要整团人来迁就你们。”我抬头说：“我没有要你们迁就，我只是说是否有这个可能性让我们自行租车去会合你们，不是叫你们不去看日出，不去看这看那，我只是希望有选择，但并无意图逼其他人跟我作同一种选择。”此时，*Adele*开口：“各位，希望你听我说几句话，我很明白两方面在说甚么，你有你的原因，她有她的理据，我只是希望作为一个团队，我们能够找到一个和平的方法去解决这件事。”本来附和不看日出的海伦这时说：“我没有所谓，你们决定吧，决定了甚么，我都是可以的，我是最没有所谓的那个！”这不是我第一次遇到这种青筋暴现或黑面力陈不是，但转头又话无所谓的人，我不是昨天才出世，但此时刻遇上这种变面，总不能说没有丁点被出卖的感觉，幸好也只是丁点！好了，领队终于出现，跟她再说一次，她好像失忆，大叫：“当然不能！如果我们再这样改行程，再这样住多一晚酒店，甚么也不用看了，因为这个*Geyser*是很罕有的，明天很紧凑，还要看*Pink Lagoon Green Lagoon*……”

一路沉默的*Andy*此时开口问行程安排，领队只是回答他：“那些地方很漂亮，我们既然已经来到这个沙漠的这一点，没有理由不去看，我明白当中我们有些少改动，大家坐车坐得很辛苦，但我和*Shaman*真的尽了最大的努力……”*Andy*很平静地说：“*Sandra*，你不是回答

图丨不是路的路走得多就是一条路。

我的问题，你只是告诉我你尽了极大的努力，你多为我们设想，这一切得来不易，我先多谢你，但是我们需要知道的是，去这个看日出的地方，究竟要多长时间，然后由第一景点到第二景点要几多时间，我们会在第二景点逗留多久，我需要知道简单而可靠的行程，而不是告诉我安排这些有多辛苦，我只能说多谢，但你没有解答和解决到我的问题。”然后*Ann*也开口说：“我们不一定要删除行程或多留一晚酒店，但是我们确实要知道究竟我们将会做些甚么？而不是以为七点钟可以吃晚餐，坐下来的时候已经是十点半，这种落差就是令到身体很不适的原因吧。”听完他俩的话，即时反应是我真笨，理直气壮地为面青口唇白的他们争取，但其实他们最后的答案是没有所谓！但转念一瞬间：善变本就是人的特性，我自己不也是常常改变主意吗？何必见怪。

最后我提议：“你们再这样争论不休，也不会有答案，因为人人都是第一次来，何不找酒店的经理或店主出来问一个究竟？”就找来酒店的主人，他一个答案就解决了所有问题：“你要看日出？这是不可能的了，因为如果要看日出的话，要三点钟从这里出发，坐两个半小时车，五点半到那里就刚好是日出的时间，你要看*Geyser*也是不可能的，因为不顺路，要走另一条路，你根本不可能一天走完这四个地方，你大概只可以到两个景点，你们得重新安排一下，才可以在天黑的时候返回*La Paz*。”看！事情这么简单就解决了。

不健全的资讯而引发的各种误会误买误撞，是人生常有，未知的情况，未到过的地方，未做过的事情，絮絮不休争论固然愚蠢，积极的方法是给别人和自己多一点信任和犯错的空间。我庆幸这件事发生，再次印证在高能量的地方，因果特别快，想着好东西，很快就有好事来，将城市那套猜度带到这个地方，那猜度很快就变为争拗，你一言我一语，伤感情。所以我还是积极的，觉得又上了一课。

酒店主人提醒我们：“这里基本上十时半就要关电，但你们来得这么晚，我会将电源延到十一时，早上是没有热水供应的。”是的，真的有人还在絮絮不休，用自己的语言说：“有冇搞错！”但我已经接受，探险嘛，经历嘛，这不是很好玩吗？十一时梳洗完毕，用水冲洗肮脏衣物的沙，晾在发热管上，赶快上床，可是每隔十五分钟就起来一次，初时觉得很热，于是将暖气全部关掉，不是没有电吗？原来只是没有电，但暖气仍然开着。到了四时，还是不断地醒来，发现自己听不到声音，也好像没有氧气，不是呼吸不到，也没有头晕，但

就是觉得没有空气，走出房间，把走廊的大窗开了，回到房间还是不能睡，无计可施，唯有从大窗爬出去，在沙漠透气。我有想过要不要惊动领队和 *Shaman*，但他们也真的疲累，而且起来也帮不到我甚么，他们也没有氧气筒。黑夜的星空，无际的沙，一个人，不够氧气，脑里泛起"念天地之悠悠"，在中学读过的吧，也不记得是谁写的了，但我没有"独怆然而涕下"，反而彻底感受到自己匆匆数十年存在的桥梁意义，既能认同古人，也能明白来者，人的联系不受时间限制，这天空这沙漠，数十万年吧，它们就在跟前，陪我缺氧。

翌日起来，当然好像没有睡过那样，冒冷开水龙头，竟然有热水，可以洗头，多高兴，像赚了那样！见到团友，她们又若无其事地过来揽头揽颈。将缺氧的事告诉领队，领队说："你、*Ann* 和 *Andy* 都一样不适，那你跟我车，好给你们一些治疗。" *Raul* 这才说："这是全球最高的沙漠，而这酒店是整个旅程的最高点，可能会辛苦一点。"怎么没有人告诉我？

图丨陪我缺氧的沙漠叫 Siloli Desert，翌日见真相，原来它是七彩的！我第一次见如彩虹般多色的山脉，比澳洲的 Magic Mountain 更 magical，七色环山，美得像假的。

然后*Andy*像大哥的那样问我："你也睡不了？"我说："我也睡不了。"他问："你也不能呼吸？""我也不能呼吸"，*Ann*说："那你为甚么不拍我们的门？""我怎么拍你们的门？人人都睡了，我怎么知道你们也呼吸不了，也不好意思吵醒你们吧！""你不要跟我们客气了，你一个人，有甚么问题，我们有两个人可以跟你照应。"我在这一刻真正感到关怀，人与人之间的距离一下子拉得很近，这一刻他们像是我的家人，是的，*Andy*像大哥，*Ann*像大嫂，而不是像姐姐和姐夫。

图 1 | 翌日起来，在酒店门口拍照留念，四小时前就是从身后的酒店大窗爬出去沙漠透气。**图 2** | Tayka 酒店房间，一个人享三张床。

著名Rock Tree氣場強大。

領隊安排海倫給我們治療，∵每輛車都要有懂得西班牙語的人。在吉普車上海倫發揮她的「乜都知」本色，拿出不同的精油在我的手掌、拇指間大力按下穴位，然後按頸椎和肩膊，还有太陽穴，有板有眼。給她按完20分鐘後，真的整个人好起來！跟Andy換位，讓他得到治療。這天的第一站是沙漠中的奇特化石Rock Tree，沙漠旁边的是彩虹山，有七种顏色，不要說未見过实物，連照片都沒看过，那些張開双手擁抱大自然的意識又再発揮，炙熱、乾旱，卻又美得奇幻，不再是之前看到的貧瘠和荒蕪，這些時候就深感辛苦值得。

到達名勝附近，已見十來廿輛吉普車停著，可見化石相當受歡迎。每到一个高𡰪和神奇能量的地方，我們都向Pachamama（大地之母）恭奉，所謂「恭奉」，只是將水回饋大地，簡單的感恩手勢，我們在的的喀喀、天空之鏡、鹽酒店也做了，在這奇幻沙漠也不例外。

这个*Siloli*沙漠是全球最高的沙漠，当中最著名就是这*Rock Tree*，这石头树是日月风沙的雕塑杰作。从*Shaman*的角度理解，这些*Lemurian*遗址万年不倒，其日月精华气场庞大，能够坐一下连系，心身顿时获得净化——我知道你读这本书，一路听我重复这番话，跟这样联系，跟那样联系，可能嫌重复或不能体会，我不怪你，因为那些经历完全超越语言文字，我不会认为自己有天才能力将体验如实传送，我能说的是每天做一点，每一天联系，每一天的净化，一个月下来，整个人脱胎换骨，读下去你就知。

“红鹳（*flamingos*）跟太阳与风的化学作用令泻湖（*lagoon*）看上去一片粉红，然后到海拔五千米以上的*Sol De Manaña*间歇泉（*geysers*），是全程最高点，寒冷，我们将会走进烟雾蒸气弥漫的喷泉和滚泥中……”行程表如是说，我们的泳衣原本就是在这里派用场，像浸温泉那样深入间歇泉中体验天然力量，但是如酒店主人说，不可能一天到四个景点，所以大家放弃了间歇泉和*Laguna Verde*绿色泻湖，绿色泻湖在*Licancabur*火山脚，它的颜色是来自沉淀的矿物质，这个湖著名的是它静止如镜的湖面，让人融入大自然体验外在与内在和平。

图 | Lemurian 遗址日月精华气场庞大，能够坐一下连系，心身顿时获得净化。

罕有的粉紅淡紫湖光山色。

日间的湖上倒影不及夜间震撼，有两次夜间上路在车上见月亮倒影在湖上，美得叫人心醉，但日间的祥和宁静则叫我想起奥修说的默照禅，他说得真好，所谓默照其实就是平和宁静，只有在平和宁静的时候才能如实反映，涟漪或波涛只会扭曲真实，但宁静不是死寂或强行的静止，倒影比原本的真实更加美丽：湖上的月亮就比天上的月亮更动人，此刻湖上的山和红鹳比湖边的山和红鹳更美丽，为甚么？因为倒影多了湖的宁静、湖的沉默、湖的酷，如果我们的内在如镜般宁静，一切反映在我们也是更美丽的，因为在默照中，多了我们修来的内在和平。前往粉红泻湖附近的（补偿景点）*Valley of the Rock*途中有个检疫站，拉着军政府的标志，武装军人驻守，吉普车停下来，一丝担忧闪过，因为吉普车没有厕所让我匿身。*Raul*从另一辆吉普车走过来，递上一张纸一叠表格跟我说：“你照着*Adele*的号码填吧。”但拿了表格后，领队却说：“你跟*Andy*同一架车，你们又像兄妹的样子，还是跟*Andy*的英国护照填比较稳妥。”旅程到了这一步，跟宇宙间的联系这么近，直觉是不可能会发生甚么事，否则我也不能来到这里了。军人探头查看车厢内的境况，笑笑口就放行了，也没有要求我们下车看护照。这就是*spirituality*的好处，亦是我常常无法跟朋友解释的，明白的

自然明白，因为他们也有这种体验，就是即使肉眼看不到、文字解释不到，我们就是知道有些事是不会发生，有些事是可能会发生，有些事是注定要发生。车子来到*Valley of the Rock*，一下车风云变色，就要下雨的样子，*Raul*说，选三种“动物”来连系，当然，沙漠的山谷只有沙石没有动物，所谓“动物”是形态很像动物的大石，我选了三样，一是像哮天犬的鸟，二是像有眼耳口鼻的面谱大石，三是像狮子的石。我们共约十人，每个人三个选择，竟然没有重复。选完之后*Raul*解答，鸟抬头望着银河系，是跟宇宙连系的；至于那块人形面谱，是*Lemurian Master*的智者面孔，是跟智慧联系，他一说我的心就沉了一下，像个感应，是啊！感觉似曾相识，我见到这侧面，就被慑住；第三就是高大傲然的狮子石，是跟威严的联系。讲解完我们在山谷各自修行，我前往大师的石头，整个人倚在石上，希望提升智慧，或纯粹吸收一些精华也是好的，就在这个时候，太阳出来了。

图 1 | 红鹳及太阳令到泻湖看上去一片粉红。**图 2-4** | 大师的石头侧面、抬头望着银河系的“鸟”、狮子石。

跟大师拿了智慧和勇气，即将面对整个旅程中我视为最大的挑战——在旅游巴士上过夜。这部分在行程表中是没有出现的，如果我知道要在车上睡觉，会有另一番考虑。也不能说是被骗，因为领队已尽力而为，不晓得时间原来这么不够用，所以最折衷的方法就是用睡眠的时间折返——年轻的时候旅行，也是希望看到最多，拿到最多，这种对经历和知识的渴求固然是好，饥饿能成为一种引擎动力，但饥饿始终是饥饿，相对今天的我并不那么饿，能看到当然好，看不到也没有所谓，随缘就最自在。基于少数服从多数，我的反对声音无效。

挑战一是体力，睡不好很要命，尤其进入玻利维亚后一直没睡好、没吃好，车程又颠簸，但景色能够补偿，所以心情还是愉快的。挑战二是生命安全，亲自经历车子入夜后驶入沙漠或盐田，数小时伸手不见五指，但那始终是午夜前，司机再累还是工作状态；如今通宵驱车，不知道司机日间有没有充分的休息，生命就这样交托予陌生人的体能与状态。三就是挑战洁癖，经历一整天沙漠风沙，就这样一身沙尘睡觉，捱是一回事，脏是另一回事——但整个旅程要我锻炼的不就是放下吗？既放下身段，放下习惯，放下原则，甚么都试一下吧。吉普车回到*Uyuni*市已是晚上九时，他们找到了一所意大利餐厅，餐厅附近有很多*hostels*（青年旅馆），也不理语言不通，就冲入这些*hostels*问可否付钱淋浴，若要付房租也没有问题，他们当然无问题，但原来让你使用浴室不代表会给你洗头水各样，为甚么我们没有洗头水？因为没有行李，行李在哪里？问得好，让我们回到盐酒店的早上。

在精致的盐酒店过了一晚，收拾好行李，领队说，只收拾一晚用的轻便物品，明天晚上我们会回来吃晚饭洗澡，然后乘通宵车返回城市，于是我将那跟酒店买的毛毡和行李留在接待处。怎知吉普车迟到一小时，深入沙漠之后，行程又改变，骨牌效应，一样推一样，最后不够时间回盐酒店，还是将行李直接送到转车处最省时间，我一知道就跟他们说：“请你叫酒店的人把接待处那袋毛毡也跟行李送到转车处，拜托！”其他人也有类似的托管行李，获得的回答当然是“无问题”！就是以为从沙漠回来就可以跟行李重逢，所以将只剩下很少的方便装洗头水沐浴乳留在了*Takya*沙漠酒店，*hostels*淋浴间只有水龙头和毛巾，跟我一起冲上淋浴间的是*3A*：*Adele*，*Ann & Andy*，全部亚洲人，不同文化对脏有不同的忍耐程度，其他人宁愿坐下来饮红酒，我们以最短的时间将自己洗干净，才到餐厅跟他们会合。

图1 | 奇特化石 Rock Tree 不同角度不同面貌。**图2** | 吉普车行走一天已被沙尘掩盖。

晚餐相对地轻松了，开红酒吃薄饼，食物贯彻地难吃，团友纷纷在餐厅附近购物，我却在餐桌上“钓鱼”（打瞌睡），只需要一个可以横卧的地方就可以即时入睡。离开餐厅，来的还是吉普车？原来还要乘吉普车走四小时才能跟大巴士会合，司机太太初时坚持要跟着来，因为担心丈夫打瞌睡发生交通意外：“他跟着你们已经一日一夜，没有睡过。”我们何尝不是。车上只有我们几个人，*Ann*就负责在黑夜中不停逗司机说话，希望打消他的睡意，我则抵抗不了身体的需要，在颠簸中朦胧间眼睛开开合合睡睡醒醒。

数小时后终于见到大巴士，人人平安会合，领行李，我的毛毡和其他人的托管行李不知所终，*Raul*和领队只说不用担心，总有解决的方法。团友*C*一见到大巴士就冲上车去厕所，我急忙阻止她：“这厕所不能用，因为不能冲水，也没有水冲厕，我们要在车上过夜，请顾及大家感受，使用天然洗手间吧！”领队派发睡袋，不知道睡袋是否新净，只用自己的毛毡和衣服盖着，吞了两颗*Sleep Essence*喝口水就合上眼睡，觉得上天保佑，旅程应该安全，不用担心。这是继廿一岁那年欧游坐通宵火车之后，再度因为省时间而通宵上路，人刚好老了一倍。

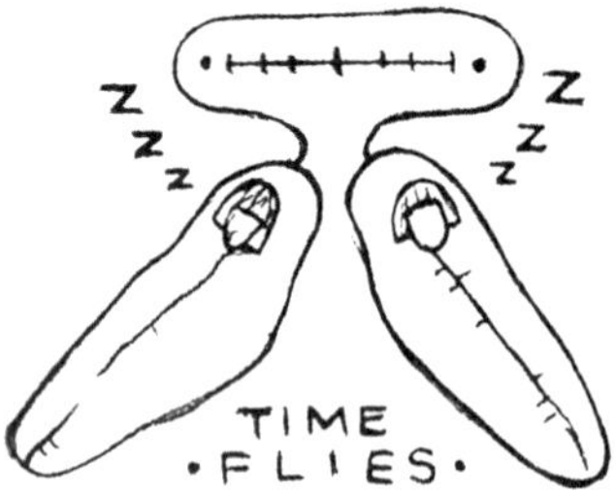

图丨沙漠中的日落景象。

La Paz這城市展示另一种魔幻現实。

醒了。其实不願醒來，但太冷，冷醒了。緩緩地脫下眼罩坐起來，旅遊巴空無一人，我睡在最後排，慢慢走上前，司机指著餐廳門口。看一看時間，早上八時，天氣寒冷。我認得這地方，是我們出発到鹽田前用餐的地方，相連一雜貨店。推門進去，長餐桌坐滿了团友，正在吃早餐。領隊一見我就拉櫈叫我坐下，「你一定睡得很好，我們叫了你好几次你都沒有醒來！」我是个醒睡的人，但可能戴了耳塞聽不到，或Sleep Essence很有效，重要的是能睡。

LA PAZ 早餐后我们驱车进入*La Paz*市中心，上次到来匆匆一瞥，而且是嘉年华的晚上，想不到数天之后嘉年华的余韵还在继续，街上还有人在吹喇叭跳舞。*La Paz*是一个山谷城市，跟香港和大部分城市刚好相反的是，穷人住在山上，有钱人选择住在谷底，领事馆区和市中心就在山谷之中，一如贫富悬殊的地方，有钱人的屋子是国际级排场，但穷人的地区破烂，对比比秘鲁更强烈。*La Paz*四面环山，但这山不是石头而是黏土，颜色和形状经过风水日月侵蚀之后，更加秃。我们在市区只停留了短时间，让领队去兑换现金，等候时放眼一望，周围都见现代化的设施如手提电话卡、无线上网等服务广告，但是头戴高帽穿传统服装的妇女在街头卖面饼或瓦缸，却又是那么的平常，鲜黄色的学校墙上有个像*Emporio Armani*的标志，大会堂门口的天使壁画就像个放大了的漫画英雄，整体来说，一百多万人口的*La Paz*是新与旧的混合，而基于地理缘故，她还是有南美城市挥之不去的魔幻感觉。

车子在市区转了几个圈，我们到达*Valle De La Luna*月亮山谷，问*Raul*为甚么叫月亮山谷，他又说起爸爸妈妈的神祈故事来。售票处还像个艺廊或美术馆入口，但是一进入山谷，奇幻

图 | La Paz 是一个山谷城市。

诡异的气氛弥漫，主要是因为灰白色黏土的形态，大自然的侵蚀力量像雕刻刀，斧凿痕迹像一种侵蚀与溶解之间的手笔，那些石笋（*stalagmites*）看上去就像人形，或鬼影幢幢，山谷不同部分有特定名字，例如第一个叫*Nice Grandfather*，慈祥的祖父，看上去却像一班被蚕蚀了袍子的天使低头唱圣诗，再过一点，叫*Turtle Hill*，但怎么看也看不出哪部分像海龟，然后又有*Mother Moon*，我们就在这里的一个祭坛上开始仪式。

不知是因为疲倦还是连看几个山谷遗址，抑或这地方没有美感，仪式未开始我已开始游魂，希望快快完成离开。途中经过一道很窄的吊桥，地势颇为险要，*Raul*指着一个类似黑洞的石口，说这是大地的子宫，再向前走，远眺一个尖形火山头，指示牌写着“*The Devil’s Viewpoint*”（魔鬼的角度），火山周围黑烟浓重，看上去的确颇为邪恶，但事实是天要下雨，大滴雨点滴下来。

后来上网做资料搜集，才知道这个月亮山谷被不少人看作是大自然的艺术馆，觉得那些天然侵蚀是艺术，但我觉得大自然好艺术品好，也有高低之分吧！高的东西一看叫人心旷神怡，不用语言文字诠释，一接触气场自动向上澎湃，但月亮山谷奄钻味道浓重，这是所到过的*Lemurian*遗址中最阴森、诡异的一个，但从*Shaman*的角度理解，当我们进入这个黏土山谷，意识提升（*shift of consciousness*）自动发生，可消融物质世界的两极性[注]。

图 1 | 大会堂门口的天使壁画。**图 2** | 仪式用上未见过的七彩糖果和一个铜铸的人形公仔。**图 3** | 月亮山谷入口处的壁画。

诡异山谷中忽然有青葱处，连仙人掌也像外星电影中的有机动物，算是山谷中最标致和好看的地方。也许我就是要学习不批判，接受不同的面貌，无论是大自然的还是人的。离开*La Paz*之后我们驱车进入*Copocabana*，也就是的的喀喀湖的玻利维亚部分。也许是湖的灵气所在，当车子越是接近湖边，天色越亮，阳光温柔地照着，即使是日落时分，那明澄和美丽已将疲累扫走。

我们到湖边的餐厅吃点东西，食物返回秘鲁的鲜味，它只卖鱼，但有五种不同做法，选了盐烧柠檬汁，差不多一星期没吃过可口的东西。领队再次在袋里掏出杯面给我，今次是南美本土版本，早上在那杂货店补给的。远离甚么爸爸妈妈和魔鬼，再次返回可以饮可乐的地方，不爱喝汽水的我，呷着简单的可乐心里竟然有种踏实的感觉，当然餐厅的玫瑰花与室外的阳光功劳最大。吃完东西原来还有三个小时车程才到达我们要到的地方，我们住的酒店也在湖边，望出去就像南欧那种美丽的海岸线，很多建筑物都富西班牙色彩，不再是玻利维亚式破烂。酒店是蛋壳黄色，入口种着鲜红玫瑰花，栏杆是教堂式，但是疲累的身体叫我无暇欣赏，一领了行李上楼梳洗完毕就蒙头大睡，晚饭也不吃了。

图1 | Nice Grandfather 看上去像一班被蚕蚀了的天使低头唱圣诗。**图2** | 大地的“子宫”。**图3** | 形态趣致的仙人掌。**图4** | 嘉年华还没有完。

注 | 意识提升是 shift of consciousness，物质世界的两极性是诸如高低阴阳正负轻重成败……此类，意识转移后，慢慢能看到阴中有阳实中有虚败中有成，这是禅；再进一步的，能看到万物归一，超越两极，再无高低正负轻重之分。

最後一站最後一張大合照。

翌日起來推開木窗，湖水白船叫人心曠神怡，這才有點度假氣氛。「此Copacabana」（如前所說「彼Copacabana」在巴西的是海灘）是重要的印加文化遺址，神聖力量著名。其实我們一路到过的地方原來都是印加能量點，一點點將它們聯起來就是能量經緯，

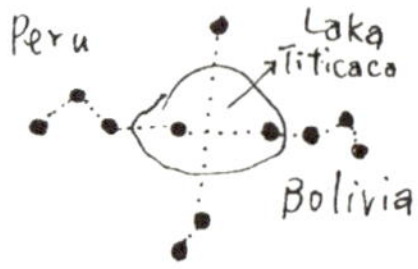

也稱為——Viracocha's Route，是古時朝聖路線，以的的喀喀湖為中心。Copacabana有兩个著名島嶼，一為太陽島，二為月亮島。太陽島是的的喀喀湖最大的島嶼，也就是Raul說當我到達湖的這一边，就戴上那高祭司羽毛，我照辦，一方面像去嘉年華，另一方面像駐進像avatar的能量体，整个人精神煥發。

从酒店岸边乘船到达太阳岛，又是由海岸线爬到山顶最高，沿途遇上不少外国人，大抵这也是旅游胜地。太阳岛除了漂亮的山色湖泊，亦是公元前十五世纪的印加遗址。我们先在山顶一个叫*Tayka*（沙漠酒店就是以此命名）的大石坛上躺下连系，然后爬上再高一点的*Chicana*，那是用大石头砌出来的一个迷宫，古时人用来考取智者接班人，一方面在这里打坐，等待天地间的指引；另一方面迷宫中的死角或错误路线，其实也是我们的心理投射，前无去路可以怎样？我们就在这迷宫上兜兜转转，突然会发现一些很有趣的角落，看出去是漂亮的湖泊，叫人体会没有解决不了的事，从死角折返就是海阔天空。

传说中印加的太阳神由这里升起，所以它是整个的的喀喀湖中的最大能量点，我们在这里跟阳性*Masculinity*联系，也将自己的最高愿望在这里发放到宇宙间去，事实上这里比*SDA*到过的地方更高层次，山外有山，天外有天，阳光的宏伟力量，阴阳中的阳得到了最好的体现。仪式和打坐完结之后已是中午时分，我们有两个选择，在山顶走下去太阳岛的另一边午餐，或是原路走回码头乘船绕到岛的另一边午餐，结果是一半人选择乘船，另一半人选择走路。虽然领队估计走路大概是一小时，而我们走回码头再乘三十分钟船，大家的时间该是差不多，但廿多日来跟他们相处，就知道他们的数字观念不可靠。

岛的另一边，就像布吉或马尔代夫甚至南丫岛的面貌，度假气氛浓厚，湖水清澈，水中有稻草掩映，很多孭背囊的外国年轻人，一身古铜肤色踏着人字拖在岛上流连。女的穿上比基尼

图 1 | 窗外的帆船。**图 2** | 太阳岛上大石头砌出来的迷宫。

太陽島是旅遊勝地，也是的的喀喀湖中能量最強的地点。

和短裤，男的一头*dreadlocks*，看上去不太干净的样子，但青春无敌，他们捧着木吉他，晒太阳或唱歌，跟前放一些银链或水晶摆卖。我们在相约好的餐厅坐下来，等了一小时，步行的团友才来到。跟之前一天一样，餐厅只卖一种食物，就是湖鱼，只有两种做法。餐厅主人是个妈妈，两个小孩子跟两头猪在后栏玩耍，妈妈一人做十一人的午餐，“乜都知”海伦跟她说：“让我帮你煮吧。”却给这位妈妈赶出厨房。天特别蓝水特别清，连食物也特别好吃。愉快地、懒洋洋地，午餐后我们乘船朝月亮岛出发，这是我们整个行程的最后一点。在船上*Raul*拿出他的可卡叶跟其他人做*reading*，我则跟海伦和其他人闲聊，也没有戴上耳筒听自己的音乐，望山望水，心情轻松。到了月亮岛，照说也是湖光山色，但就是跟太阳岛截然不同，传说中月亮岛是男人禁地，只有女祭司或皇室女成员和天使女神出没，皇室成员真的要上岛来，双腿不能接触地面，只能由女性揹他上岛。虽然这些都只是传说，但是一脱掉鞋子，赤脚踏着那草，真的有种柔和但清明的能量传入脚底，领队和*Shaman*穿上仪式的服装准备整个旅程最后一个大仪式，又要生火又要摆阵，我则拿着相机到处拍。我们到达的时候草地上有两位外国人，能说英语但有浓重口音，我不懂得听，看样子可能是俄国人或东欧人，金头发的，领队邀请他们加入我们。两位金发男士显然觉得仪式很得意。

最後的儀式，我貢獻的仍是鮮花。

其实前一天在离开月亮山谷之后，我们前往一个像《哈利·波特》*Diagon Alley* 的市集，有巫师用的用具、材料，当然也有民间工艺品、书、糖果、七彩蜡烛、闪卡和标本化了的动物。我们每人要选一样东西准备祭祀仪式，我看见那些神神怪怪的七彩海星和血鸭，都不知是真是假的，感觉不舒服，我只买了两束鲜花。原来到市集就是为今天这个 *grand finale*（大结局）准备。这仪式比之前敍述过的每一次都隆重、庞杂、繁复，起码有三个回合。到了第三个回合，当我抬头望向天，除了看到蓝天白云与若隐若现的月亮，还看到观音和一班女神在谈笑拉琴和鼓励地看着我，这就是神奇的地方了，我是真的“看到”吗？当然不是像看电影那样看到，但是我感到她们的存在，感知系统中也的确有这些影像，她们跟我说：不要害怕你的阴性面（*Femininity*），看着我们你就明白阴性力量的强大，善用它。

在印加神话中，月亮岛是 *Viracocha* 指令月亮升起的地方，亦是一个平衡阴阳力量的理想地方。同样是五时许，跟前一天在月亮山谷的阴霾密布及诡异奇幻比较，月亮岛是晶莹、慧黠，不像太阳岛能量那样扑面而来，阴柔能量如微风轻拂面庞，一点一滴地徘徊浸淫，在这里我甚至比在天空之镜更 *in my element*（自在）。将相机给 *Andy* 叫他替我拍照，自己也到

处拍照，仍然有人不以为然说了句甚么：“请带点尊重，我们不是旅行团。”我一点顾忌也没有，你有你不喜欢，我有我喜欢，我没有发放反击或不甘的能量，只做自己想做的事。一切完成之后，我们来个大合照，收拾好，依依不舍地穿上鞋袜，静静地下山，有小童跑来售卖精致的头带，我知道自己不会用，所以没有买，反而*Adele*不能自已买了半打。返回船上差不多七时，但天色依样光亮，在回酒店的途上，*Don José*和 *Raul* 主持一个 *Shaman* 命名仪式，大概是经历了廿多天的考验、净化、提升之后的毕业礼，*Don José*请我们

图 1-2 | 头望向天，除了蓝天白云与若隐若现的月亮，还看到观音和一班女神在谈笑拉琴和鼓励地看着我。

一个一个地上前，上前的人跟他们来一个简单*pledge*（誓约），但我们得到的不是一张证书，而是一张纸仔，纸上有个*Quechua*名字。他们请了*Christine*负责颁授（说她做了很多辈子的女皇，而我们今次能够聚首，也是一种重逢，我们在之前的人生中肯定已经碰过头），*Christine*给我们扎一个头带，用的就是*Adele*新买的头带。虽然我不懂得*Quechua*，但是我觉得那名字很适合我，*Ritti Sonco*，心的韵律如雪般净与白的意思。然后我们在船尾观看风景，扎着头带的全女班，就像一班*Goddesses*（女神），现在说来超现实，但在船尾的那一刻，我真的感到是跟一班*Goddesses*相聚，可能我们的兴趣、想法不一样，甚至道不同，但是相遇的这一刻，我们互相尊重，或者应该说学懂了互相尊重，接受了大家的截然不同。

图 1-2 | Christine 给我扎头带，仪式中我得名 Ritti Sonco。**图 3** | 天黑前展开回程。

當海關的計程車司机和付碎銀的女乘客。

之前一晚沒有吃晚飯，這个晚上大家真的可以「將頭髮放下來」。旅途上每換衣服，十次有七次都会得到領隊叫：「我喜歡這个！」「看看你」或「香港人穿衣服真是有自己一套」，於是我將她讚得最大声那件Markus Lupfer紅唇灰毛衣送她留念，她眨眨眼：「到你成名之後，就拿去賣！」 祝酒時，大家多謝大家，尤其是兩位Shamans。等甜品時，領隊讚Adele的博客寫得好，Adele說：「說起來其实是Wini鼓勵我從事寫作的」。這些時刻，我不会特別驕傲，但是也值得自豪。近年常遇上事業有成的女性來謝我，成名艺术家或在大机構掌高位的讀者告訴我：「當年如果不是《Amoeba》做了艺术学院特輯，根本不会够胆唸艺术，今天也不会在這裡開展覽。」或「當天若不是你一句話，依自己的理想走，說服了父母，現在他們也高兴」。

这些时候的骄傲不是“你看我多有影响力”，而是能够依着自己的直觉和心意去做事去写文章，即使遇上很大阻力或不被欣赏，我庆幸自己有坚持。今天我当然知道是甚么在驱动我，就是我的 *higher self*，在未认识自己的 *higher self* 之前，她已经在我不为意的角落驱动着我。我还记得 *Adele* 当时在加拿大当时装买手，写了一封长信来（*Amoeba*），希望给她一个见工的机会，这么有诚意。她想做时装编辑，但没有这样的位置，跟她说：“只有特稿编辑一职，你能写中文吗？”我就派这个十多年没有写中文的人去写访问，写起来又有板有眼，现在她的写作还是以英语为主，诗意优美动人。

闲话过后，*Raul* 跟我说：“明天他们八时离开，我跟你六时离开。”我一听就觉不对路，他们的八时随时是八时半或九时，但我没有直言，机智地说：“厨房还未开呢！没吃早餐怎么上路！让我问问他们几点上班。”答案是六时半，于是也就相约六时半。为甚么我要比其他人早？因为要偷渡返回秘鲁啊！早上六时半退房，*Ann* 和 *Andy* 最知我心，主动提出帮我看守行李，这份心意难忘。

吃过早餐留了行李揹着大背囊就出门上路，天雨濛濛，空气好到不得了，我不知道会遭遇甚么，跟着 *Raul* 走，拐了一弯就有几辆车停着，其中一个司机敏捷地跟他打手势，*Raul* 偏偏不理他，走去跟其他司机耳语。两个司机都摇头之后，只剩第一个打手势的司机，我不知道 *Raul* 最初为甚么不跟他议价，但既然没有选择，也只能上他的车，他

们用西班牙语说了很长时间，司机才开车。开车之后还是鸡啄不断，我尝试听，听到有类似“*moralité*”等字眼，然后又见*Raul*掏出卡片交予对方，对方继续不停地说西班牙语。车子绕道上山，雨越下越大，途中有一当地妇女，计程车停下来，该妇女将几个碎银放到司机手上就上车了。然后车子继续上山，山很高，雨很浓，又有两名当地人招手，上车。没多久妇女下车，然后二十分钟之后，最后上车的两个男人也下车，司机跑下车对着陡斜的山坡指手划脚跟*Raul*说话，大抵也是请我们在这里下车。没多久*Raul*摆手跟他道别，我跟着他，他跟刚下车那两个当地人确认了路线就示意我冲下山坡。

*SDA*部分写过下山的压力，更甚是这个早上天雨路滑而且没有路只有草，碎步急忙下山，*Raul*才解释刚才发生甚么事：“司机问我是否贩卖人口？我说不是，我只是帮朋友，因为她没有签证入不了境，所以现在要从其他途径出境。司机说他之前也是当海关的，单身东方女性入境嫌疑很大，因为当局会怀疑她是来卖淫的。”我一听到这里就笑，都四字头了，他还觉得我有资格来卖淫，不是冒犯也不是赞美，而是真正的啼笑皆非。

Raul 一听他这么说十分担心，以为他会向旧同事或当局举报，于是掏出卡片跟他说自己其实是从事 *shamanic* 的精神领导工作，一直都是以助人为本，怎知对方不单没有打算告发我们，而且还告诉 *Raul* 他本来想走的路线并不是最快最短，最直接的路就是现在他教我们走的，虽然很难走，但只要一下山坡拐一个大弯就已经是秘鲁的境内村落，所以没有去*Raul*原先指定的地点，而点了另一条路给我们走。

山坡其实很美丽，在山顶冲下来，看到山脚的农庄，种了花菜水果还有畜牧，一片鸟语花香，只不过山坡没有路，滚下山的当儿，我想起了爸爸。看着自己的鞋子，金睛火眼小心不要摔倒，脑中却代入了当年偷渡来港的爸爸，每一步，每看到自己的脚走一步就心忖他当年是怎样走来的，当年的他比现在的我年轻很多，才十来岁，会否比我更害怕？路程是否比这个更艰辛？五十年代末的香港是怎样？心里就是打着很多问号，然后决定回家的话，一定要好好告诉爸爸这经历，而且要好好问他当年是怎样来的。

图 1 | 走下山坡拐一个弯就是秘鲁境内的村落。**图 2** | 早上七时的婚礼。**图 3** | 这是最后一程的三轮车。

电光火石间我记起三年前跟一位美国印第安人 *Shaman* 见面，他用 *Medicine Wheel*计算变动周期，接近占星学，他就说我这三年是一个“*Singers*，*Story tellers*，*Mediums & Healers*”的周期，对自己从哪里来、历史、祖先、家里一些我以为知道其实不知道的事会有新的发现和体会，弄清楚过去，未来就清晰，然后可以好好活出这一刻[注]。当时我听过就算，住在香港不会无端白事地想起自己的祖先、*lineage*。

关于长辈，我们想的就是他们健康就好，哪里还会深究他们年轻时经历了甚么，直至我有机会“穿他们的鞋子”。一路上，跟着 *Raul* 的身影，步伐很急，但却感到跟父亲零距离，我就是他，甚么时候你会感到自己流着父母的血，设身体会拥有他们的基因或那条无形的脐带一路没有切断？大抵就是这种相同经历的时候。我在被迫开刀生孩子的惊恐过程和之后复原的痛苦，才能设身体会母亲的经历，如今在急忙脚步的偷渡过程中也能切身体会父亲的经历。到这一刻我仍然认为偷渡只是权宜之计，错的是玻利维亚海关，还

打算回香港投诉——无知是福，如果我知道是要到北京办签证，就不会理直气壮入境了，也未必够胆像好些港人那样用 *BNO* 冒充英国护照——但无论如何，我感受到偷渡的部分是注定要经历的，就是经历这么一段才能更明白自己从哪里来，更了解自己。

我为此而感恩，庆幸有这天独特的经历。下了山坡入村才早上七点多，却在村落的广场

见到婚礼的进行，绝对是好兆头，虽然未见过早上七时举行的婚礼，但在少少慌张和异常状态之后见到穿婚纱的新娘，还是叫我安下心来。这个镇叫 *Yunguyo*，我们找计程车，一辆都没有，雨一直下着，最后跟一部客货车商议，客货车只肯载客一段路，之后要再转乘更小巧的三轮车，才到达秘鲁海关门外。在车上看着沾满泥斑的雪靴，我就想得更多了，而且越想越兴奋，为自己的独特经历兴奋，这是我最接近成为人蛇的经验了。客货车破破烂烂，但我还是忍不住拿出小相机来拍照留念。到了秘鲁海关后门见到那辆簇新的白色旅行车，就有回家的感觉，团友还在过海关，我一个人上了车，四肢脑袋即刻松弛，才知道自己紧张。后来其他人上车见到我都跟我击掌或拥抱，就这样我们驱车直奔 *Juliaca* 机场，乘飞机回 *Lima*。

图 | 在 Yunguyo 一辆计程车都没有，最后跟客货车商议，客货车只肯载一段路。**注** | “You are about to start a cycle on learning about your past，seeing in your future，and being able to be in the moment，be in the present。You are saying you are already pretty good in being in the now because of what you had gone through in the last 3 years，you have more work to do on your past。Before，you could see 30%-40%，now you can see 60%，65% maybe on a good day 70%，you got another 25%-30% to open up to see。There's stuff you don't remember，stuff you hadn't connected and made peace with……that's what you are going to deal with the next 3 years……”谁说不是，Ayahuasca，San Pedro 和罗省的 J（第 33 步），全都是在这个三年周期的最后阶段帮我“看”清楚和修好过去的帮手。

不知道是否因為那些儀式，或是跟太陽、火星的直接聯繫，飲生命之水……當我返回「現實世界」，不可思議的事还是不斷地發生。

由秘鲁利马返回罗省机场，是清晨六时左右，两个小时后拿着行李前往的士站，就有一黑皮肤的年轻人拿着一个文件夹趋前，夹上有一些儿童的照片，他大概是在募捐，这情况若出现在香港机场或中环街头，通常我都是匆匆而过，因为在香港永远赶时间，又永远觉得钱不够用，加上不喜欢被人拦途截住，然后在街上狼狈地掏腰包诸如此类……那一刻我说我要往的士站，他也很有礼貌就带了我去的士站，当我站定了排队等候计程车，他准备开口介绍他的募捐计划，我发现自己右手已掏出了银包，给了他一百元美金，因为没有碎纸，他非常诧异的样子，他还没有介绍他的帮助儿童计划是怎样，但是我很记得自己当时的想法是——即使他是骗我，也就是说他需要清晨就出来行骗才得到一些金钱，他也就比我更需要那些钱，如果他不是骗我当然就最好，无论如何，他或那些儿童也比我更需要那钱，不是因为我很富有，而是这是能力范围内可以分享的，至于他怎样运用那些钱，既然已经作了这样的决定，就再没有我的事。当他千多万谢离去之后，我发现自己感觉极好，然后诧异自己这样的信任别人，也诧异这样容易信任别人所带来的欢欣与喜悦。

到了酒店，“派钱”行为并没有停下来，拿行李的给小费，送速递的又给小费，载我出去购物的司机，替我送早餐的……我向来只是一个对家人疏爽的人，对其他人就觉得大可

图丨SLS 酒店电梯。

不必，尤其是入住收费若干的酒店，服务殷勤及各样是应份的，而且已算在并不便宜的房租里，但是那个早上完全没有这种想法，只是觉得我开心你开心，才十元八块有何相干？

同样是机场，这次是中环机铁站，也是清晨六时半左右，基本上的士站没有人龙，计程车朝着我来就轮到我上车了，但是负责疏导车站交通的工作人员，并没有替我将行李放入车箱的意图，的士司机也坐在驾驶位置，没有下车帮忙的意识，我也没有焦急，只站在原地不动，因为我需要帮忙，行李太大太重，右手又伤了，根本不够气力把它放进车尾箱，最后是的士司机按捺不住，下车来把行李放进车尾箱，一边放一边骂，放了一件还有一件在地上，我眼望他眼，他不满："我的腰有事！"我唯有谦虚地答："我双手都有事！麻烦你帮个忙吧，给你多点小费就是了。"

他死死地气地将另一件行李放进车厢内，通常这种情况，尤其是在香港，结局就是两个人都憋着气，互相不满对方，然后在车厢中酝酿着一种对峙的状态——负能量对峙，在香港是颇为普遍的，大家都躁，但是坐进了车厢我发现自己主动开口跟他说："实在谢谢你的帮忙。"他本来绷得很紧的眼耳口鼻，突然松了一半，也乘机下台："乜得你咁后生，就咁伤呀！"我笑："不年轻了，外表还可以，内里都捱到五痨七伤……"就这样有一搭没一搭地说着，他也变得和善起来，到了家门，车表连行李费五十元，给他一百元说不用找了，他很高兴，自动自觉帮佣人从车尾箱掏出行李，这当然是一个钱的问题，金钱是人与人之间的润滑剂，五十元其实不是甚么大数目，如果可以令到他放下偏见，令他对下一个有需要搬行李的人客气一点，多一点和善，我觉得这五十元是值到不得了。

长年累月在香港抱持这种开放宽容的心态并不容易，我们太容易就会倾向斤斤计较——你这样对我，我这样对你，为甚么要对你好？你不帮我，或黑口黑面，为甚么要给你小费！这也许是更常见。所以我很感恩，整个旅程在不知不觉间改变了我，我不需要很用力地提醒自己要做好事，做好人，事情自然地发生，而因为这些事的神奇效果，它们成为了我意识的一部分，又因为它们带来的良好感觉，于是令我自动去做更多同类型的事，希望有天习惯成自然。

图 | 小小意思。

在南美最貧瘠的国度，卻有着最深刻的經历，Bolivia，謝謝你。

☼ 第四部 / L. A. H. K.

回归文明，将所学的放到现实中去测试，
让没有跟我一起上路的人也体验那种神奇力量。

第三十一步 | *Some Luxurious Surprises*

SLS 不是acronym，只是方便代表不同的东西，较之于Style Luxury & Service，我喜欢Some Luxurious Surprises。

房间面对好莱坞明星医院Mt.Sinai。

全间酒店由Phillippe Starck一手包办。

包括水龙头，这花洒极柔和舒服。

电视上是四名嘴讨论老虎活士偷食的话题。

点了“feeling good”早餐，这茶真好。

野菌奄列我最爱。

另一款Zucchini & Squash也不错。

最出色是蓝莓覆盆子，未吃过这么鲜甜的！

露天lobby一隅。

J第一次在这里等我。

天台有两个泳池，更多是谈心的帐篷。

无穷无尽的Starck designs，像个博物馆。

又像特卖场。

SLS 最出色是无门的lobby，等车约人一目了然。

第二次J在这library等我。

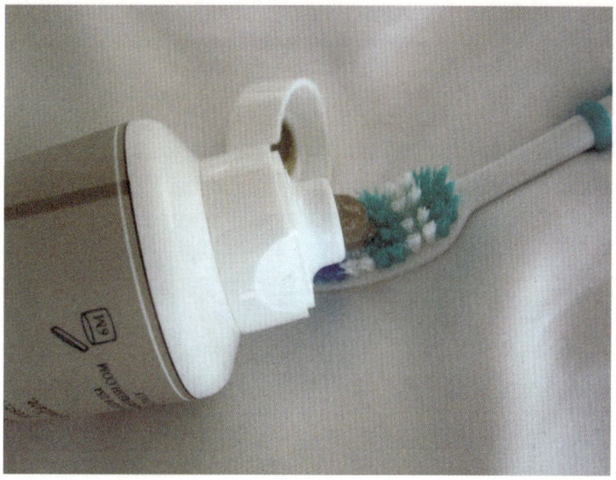

在Barneys买了黏土牙膏，即用，好！！

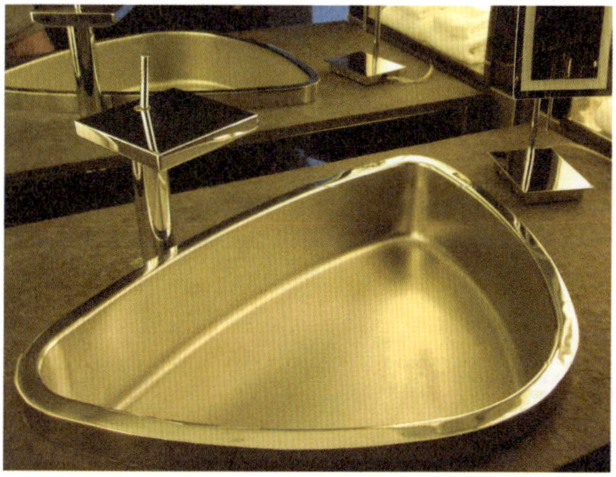

Starck签名式的流线。

我喜欢房间的大号洗头水、润肤霜，够环保。

来到美国，行李才由两件变三件，算好叻。

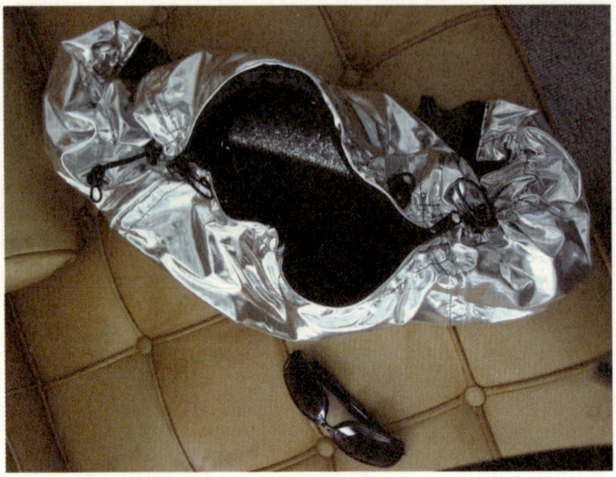

喜欢希腊女神衣柜。

这是我和J的refreshments。

订了的（*Numerology*）已送到酒店，原来好大本。

我和J就在桌球台旁谈了两个多小时。

2月22日跟J有个約会

2005年9月，約好了的羅省友人臨時爽約，只留下門匙和一堆电話地址字條。还未調校時差，就撥了字條上J的号碼，然後前往Melrose的Bodhi Tree跟他見面。三十多小時未睡，我甚麼都沒說，只写了出生名字和日期，這位說話像荷里活監製、形態像Hugh Grant的Numerologer三兩下手勢就給我揭開了人生大秘密，秘密程度是連我自己也不知道，例如為甚麼嫁的人是這樣、夫家是這樣……因為有這樣的數字組合，我的眼睛嘴巴一直張大，他只收我30美元，是一生人用得最好的30美元。他下一个客人已在等，見我还在发呆給我一个熊抱。(其实也不是全呆，例如精明的脑袋会計45分鐘才收30元？怎麼可以身光頸靚？他一定是不靠這个吃飯)那擁抱充滿愛的能量，叫驚惶失措的我定下來；他結合數字、心理学、直覺和洞察力，告訴我數字的变化可以引爆甚麼的可能性，例如2005年我在行8，8是karmic number，要发生的無可避免地要發生，尤其在關係方面(∵這是26/8)，不能再装，我才說上机前找了律師辦理分居手續。

2006年行9，收拾心情，清理放下一切沒用的、过気的關係、工作与習慣，迎接07年的1重新開始——真的在06年成功離婚。到了07年，如他所說，我清理了很多包袱、等待新的机会，一边做一边等，最後才发現這个新的机会原來是自己給自己的，不再是以往那樣有人拿著合約來聘請，那一年写了《時装時刻 87-07》一書，書開了很多門，一切是事前無法想像的。

占數学(Numerology)的基礎是宇宙間一切有頻率(Vibration)，相同的頻率能夠互相感應、溝通，像收音机和手机網絡，調校至合適的頻道就可以使用宇宙間的力量。

阿拉伯數字也是類似的頻率，123456789是占數学的基礎，任何數字都可还原至這九个數字，雖然有些數字是不还原的，像11、22、33、44、55、66、77、88、99，因為這些是高層次Master Numbers(師級數字)，例如11/2，我会認為2是核心，11是可能性，用了11你就有mastery(好功力)，不用，都有2的平衡和照顧别人的能耐。其实占數的計算很簡單，複雜和難度是數字的化学作用。每个人都有一組數字，這一組數字的組合成分是出生日期和名字。我曾問丁為甚麼是出生名字，而不是常常用的名字，他說出生名字是你來這个世界的「業」「印」(karmic 'stamp')，改名字是希望將路線調整，但大基礎已定，能調整的只是細節。

西方占數学(Numerology)將名字用英文字母音譯，再將字母化為數字，得出兩組數字，以我的体会，名字的數字代表的是天賦，出生日期的數字是需要努力的部分，兩者加起來，就是整个人生進化的目標。例如在前文出現过的梅丽史翠普，

```
原名  4  973    1   129   7  ～～ 43/7  (outer personality)
      MARY LOUISE  STREEP
      1     639 5      55     ～～ 34/7  (inner drive)
                                  ──────────────
                                  (77)/11/4/5 (natural ability)

      (22)/6/1949             ～～ 51/6     (life lesson)
                                            (又叫 destiny)
                                  ──────────────
                                  128 (11)  (Ultimate goal)
```

*先橫加，後直加數字

只要你懂加數就明白這數怎計，當然你会問：怎麼計？但那是一本書才可解釋，我的責任只是希望你对跟着来的对話有个基本概念。但簡單可看出Meryl Streep有三个master numbers (11, 22, 77)，所以成就卓越不是偶然，她真的有較高層次的能力和目標，迄今我認識/知道三个有三个master numbers的人，一人是好友，一个是史翠普，另一个是J。

05年見J之前其实对占數学已有些研究，上網購買Hans Decoz軟件，传統的Faith Javane結合Pythagoras和希羅伯來教的是esoteric numerology；Shirley Lawrence用量子物理学的背景，這几位算是寫得不錯。坊間近年有很多寫Numerology的書，連加數的方法都是錯的；J的一門是Advanced & Intuitive Numerology，他不肯收学生，只介紹我讀Jeanne的《Numerology》，此書已絕版，但卻給我在美国的二手書店找到，寄他們寄去酒店。但書始終是書，是概括性的，不是活的，不及一个有經驗和mastery的真人。

香港飛秘魯有四個轉機選擇，選了羅省一飛行時間最短，二来跟J有个約会。我們約在酒店見面，先在圖書館談，但回程人多，就上了頂樓的泳池，但音樂太大声，就在同層电梯大堂的桌球枱旁坐下，談了十分鐘电梯開関門叮叮作响，最後往我住的三樓同一位置，他坐starck駝鳥椅，在Starck的黑金槍燈旁談了两个多小時，感惠250美元，仍然是我用得最好的250元，仍然是三十多小時未睡好。

第三十二步 | 真相大白

“让我们回到*2008*年，一般来说，我会返回上一个*9*周期，即是*2006*，但我觉得不需要那样做，*2008*年你在*11*，那是意识的转移[注1]，转移是因为对现状不满或需作出某些改变，令自己跟生活目标更一致，没有人会主动这样做，那是潜意识，所以我们说的是有些事件或好些决定，最终将你推向那个方向，我们待会回来，我要先做一些基本功夫。

“之后一年*2009*是*30/3*，我叫那做‘打开水闸门’[注2]，是一个非常具有创意和表达情感能力的周期，正面来说，是让你建立人脉或表达自己的流动空间，充满理想感觉，但挑战的一面就是如果你有一些情感上的伤口，或未释怀的脆弱处，就会受这周期影响。这是我个人最喜欢的周期，但是不同的人跟不同的数字排列，会有不同的结果，整体来说，大部分人都会得到机会踏进一大步。

“你的深层动力数字(*Inner Drive Number*)[注3]，也是*30/3*，是一股感情丰富的创造力量，我们又叫这做青春的数字(*Youth Number*)，是从深心处而来的一股茂盛活力，但你的命运数字是*43/7*，我称之为情感上对信任有忧虑[注4]，通常在生命较早时，对一切都有保留的倾向，不是说你不能谈笑风生或没有朋友，而是在情感层次就有忧虑和保留。为甚么？因为*7*是深层信任，*3*是情感的脆弱，这里面是有教训要学，忧虑会令你吸引到不值得信任的人，或担心别人是否值得信任。

“之前说过，如果情感上还有余烬，*30/3*就将之放大，因为*30*是*3 x 10*，*0*不是一个数字，而是一股增强力量，例如*60*、*70*、*80*、*90*，它们是世代数字，*0*有很深的敏感性。返回*30/3*，你知道当你打开潘多拉的盒子，即使*30/3*是正面和充满理想的，它也可以非常具挑战性。你的命运数字是*43/7*，*7*的教训要透过*3*和*4*来完成。*7*是很强的知识研究和精神训练，透过*3*就具有跟信任或被辜负后再信任的学习机会。如果你还有剩余的心结没解开，*30/3*可以令那些旧伤口、旧感觉强势回归。”

“这刚刚在秘鲁发生，但已经不是*2009*年。”

“你要明白事情不是*12*月*31*号晚仍是旧的你，然后*1*月*1*号早上：‘我的天，我感到完全不同了，是不是换了数字？’生活不是这样的。通常我用每年的*10*月作为一个周期的开始，而*9*月是它的高峰，*10*月有明显的转变。”

“*09*年*10*月我非常非常之忙。”

“那是因为你踏入了*22/4*的周期[注5]，*4*管工作，这是头两位工作最忙的数字，*22*希望你学懂平衡，小心分心，你会感到被工作淹没或被迫得透不过气来，或感到被拉扯往不同的方向，压力很大，跟*30/3*完全不同。

“我们具体开始之前，其实要看看你的终极目标数字(*Ultimate Goal Number*)，是*88/16/7*，*88*是物质的显达，是*8*的师级版，通常富有权威能见大图画，在物质世界有建树，但将它简化就变成*16/7*[注6]，是一个矛盾(*oxymoron*)，因为*16/7*并不关心甚么物质成就，它较关心理想和愿景，*7*是知识、精神层次和视野，而当你有这样的数字，你基本上是活在两个世界中。你可以透过你吸引的人和你在做的事看到这两个世界，你有将它们融合为一吗？每一件事每一个人来到你面前，你都可以审视这是一个实际的生意决定还是理想、梦想类型？你的挑战就是将物质与精神结合。

“*16/7* 可以是一个永恒的失望数字，因为它非常理想化。*6* 是充满爱，将人和事理想化，而 *7* 就是事情的真相，加上你有 *43/7* 的命运数字，也就是说 *spirituality*、信任和自我认知是你一个很大的部分，而 *16/7* 可以是一个防卫结构 *(defense mechanism)*、或家庭中倾向掩饰事情的真相或任何痛苦和 *dysfunction*。你一是认同这种虚饰，或索性创造另一个世界来补偿，长大后，你想看到你的版本，但现实生活往往十分失望，当失望不停地发生，你其实就是要学习接受事情的本相，不是你想象中那回事；当你一旦能够接受世界就是这样，人就是这样，你就可以成为那个 *visionary*，将理想带到现实，创造一个较好的世界，而不是倒转来。

“让我们返回 *2008* 的 *11* 周期，看看这个意识的转移是甚么，发生了的事如何将你推去一个更高的层次，是否跟理想与现实的出入、精神与物质的不平衡有关，这些事有否将你推向更有意义的工作，诸如此类。”

“*2007* 年 *10* 月我的第二本书出版 *(OK*，那是你 *2008* 年 *11* 周期的开端，记得 *10* 月是一个周期的开始吗？*)*，那书是畅销书榜第一位，算是成功，在第三个签名会后，右手突然失去知觉，连很简单的拿筷子、驾驶都做不到，翌日已不能下床，最后发现是癌症（你是之后才发现？），其实 *9* 月时已经感到有些不妥，但赶出书很忙，所以正式得到诊断是 *12* 月，癌细胞已经开始扩散。我记得圣诞那天，上山跟上天对话，我知道我命不该绝，但我接受，如果这就是我的最后，我能够接受，不过我知道我要做的事还没有做，所以我觉得这不是结局。”

“且说这不是结局，但也是个响闹 *(wake up call)* 吧，这就是那个转移 *(shift)*！让我们看看它的教训或信息，就不用再对着它，好吗？我早已说过 *11* 是个很强的师级数字[注 7]，它可以做一些这样的事，同时它跟 *7* 一样神秘。无论发生的事是外在还是内在，终极它要做的就是将你引回去你的最高目的。你说这病颇震撼，但你同时有一本畅销书——完全 *88*——在物质世界的成功，很不错。你有两个 *7*，而你的天赋数字是 *45/9*，任何 *7* 和 *9* 的组合我们都叫做‘智慧的传授’，将精神知识、光带给其他人，将你懂得的用来帮助人。

“我不知你的书是关于甚么，但你说你要做的事还没有做，我们要谈一下，噱，你现在是行 *Master Number 22/4* 周期，*2* 是平衡的数字，两个 *2*，如前述，你会被拉扯往两个不同的方向，但仍然要清楚自己的界线、集中精神和有规律，一步一步将事情平衡，不要被它淹没，也不要害怕或放弃。到了 *2010* 年的 *10* 月，你就会收到你的 *2011* 年能量，那是一个 *23/5* 的周期，我们叫做‘革命的周期’，会感到被解放和迈向人生的新方向。所以 *22/4* 的目标是建立一个架构和稳健的基础，大概是一年的时间，当你到了 *5* 就可以前往新方向冒险，所以这一年时间是非常重要的。我可以问一下那书是关于甚么的吗？”

“那是关于时装但不是真正写时装的书，我将 *1997* 年香港回归放在中心，然后展开前十年和后十年的审视，书是关于香港、成长和转变。”“听上去你有将一些深层意义带到作品里去。当你发现癌病之后，人生目标如何转移？它令你醒觉到甚么？”

思考的沉默。

“突然间我的工作方式是一个问题，我一直都知自己过度粗劳右手右肩，尝试学中文打字，但它比写字更慢，一路下来很多借口，十多年来都没有改变工作方式，到了这一刻我完全没有选择，我已经不能再写。”“你 *meditate*？”我点头。“通常在失去健康的时候，人会对自己的生命多一点感悟，回想到底发生了甚么事及细味身边的人和事，你的身体要告诉你一些事情。”“我知道，我将能量错用甚至滥用，病发在右手和心脏中间，所以是过劳和一些伤心心结打在一起。”

“你知道 *7* 的能量，上帝在第 *7* 天休息，我们有 *7* 大轮 (*Chakras*)，第 *7* 天是星期天，所以 *7* 的能量是关于静下来，你的身体想告诉你——重新跟你的内在联系及将焦点放在你的内在健康；*88* 是关于做做做，达成目标和野心，当 *88* 不停地将你往前推推推，罔顾你需要的内在和平及 *7* 所需要的精神联系，你的压力吓到了你的身体，所以它反击，要你慢下来，深呼吸。”

“对，我做了很多治疗（*healing*），不同门派、不同国籍的人来香港，我又去了印度……”“等等，*11* 是意识的转移，你的心灵治疗过程是一个很大的催化剂。你要明白你的数字中有信任和背叛的能量，而我在想究竟在哪里发生，还是被掩饰了？”

静默。其实我不知道他是否在问我，但他好像在等我说话。听回录音，对话了二、三十分钟，我们均进入了一个状态，有时问非所答，不是逻辑主导对话，而是心对心的交流，甚至潜意识出来了。

“个人方面没有甚么发生，跟前夫有一些余烬，一直有努力清理，即使在这个复原的过程中，跟老师、*healer*、*guru*……常常是开头学到了一些，最后还是发现他们的有限，像一种幻灭，于是要寻找更高的来学习，这样的情况不断发生，好像……他们已经不能告诉我一些我不知道的东西。”

“噢，你是孖 *7*，你要成为自己的 *guru*、老师！”*J* 的语气开始有点不耐烦，“你有少少在扯开话题，我干这个十五年了，当对方回避我是知道的。”我完全没有这意图，大抵是潜意识在转话题！“你一谈到前夫，就转去说其他，你甚至不愿意进入童年，所以我们要谈谈。你身体有这样的反应，你的数字有信任和背叛的议题，你的命运数字和终极目标都是 *7*，所以请问你长大的时候是情感上被出卖还是一个实际的背叛？”“我想两方面都有，我告诉他我患癌，希望他能够将扣起了的儿子赡养费清还，过了一阵子他才回电邮：‘又不是我给你癌，为甚么要帮你？’”“这是谁说的？”*J* 反应很大。“前夫。”“真是不可思议！”

“对，不可思议（笑）……事实上当他交上新女友问题就出现。离婚的时候，所有事情都是有商有量的，但多了一个女人之后，她想控制所有事情，又强行要见我的儿子，当我不允许就开始将儿子的生活费删减……很多金钱问题和闹剧上演。”“她是否非常物质？还是某种操控狂？”“我不知道，我不认识她，但她做了很多伤害我们的事，首先透过前夫控制儿子的生活费来给我麻烦，例如会记下花了 *$42* 买儿童书和雪糕，然后在儿子的生活费里扣除。”“*$42*？”*J* 瞪大眼，他以为是 *$42* 美金，如果他知道是 *$42* 港元，大概会尖叫。

“男人不是这样运作的，不是他们高尚，但这种数，女人才会计。然后她又会偷用前夫的手机发中文短信来骂我，就像爸爸的女人会三更半夜打电话到家里骂妈妈那样，精神虐待。”

“你在说的我们称之为‘强迫性重复’(*compulsion to repeat*)，牵涉到跟前夫的关系，而他又这么巧有一个‘操控者’或金钱的主宰单位，当我知道你的数字，我又要返转头，你的签名会，我明白你说工作的方式有问题，手过劳……我完全明白，但你是在事业的一个高点，那是说你正在成功，正在物质世界显达的时候，这病就发生。看看你的数字，我在这个女人身上看到的，是你的问题的伸延，很明显这是一个破坏结构的运作(*sabotaging mechanism*)，或一些牵涉到你成功的余烬(*residue*)。让我们返回你的童年，我想知道父母两方面关于地位、金钱的不同意见和状况，成功或不成功，他们的想法等等，当你长大的时候，爸爸妈妈是干甚么的？”

“唔……祖父和曾祖父都是做生意的，祖父更是在战乱中创业，做的是中式食品生意，由内地到香港……”“点心？”“不，是烧腊，很早已经以连锁店方式运作，拥有店铺物业。”“那么算是有点财富和地位？”“你可以这么说。祖父本有三子三女，但战后只剩下爸爸一个儿子，他们是非常传统的家庭，三个姑姐在香港，爸爸被留在内地，后来跟朋友偷渡来香港，内地生活很苦，身体亦有状况，偷渡更是冒险，所以来到香港之后，祖父母就尽量补偿，视他如珠如宝，甚么也不用做，生活无忧。”

“他是家族名字的传承者，他就是第一位。”“所以我的姑姐甚么都没有，大部分资源都去了爸爸处。我的妈妈……”一想到妈妈才发现对比如此强烈，为甚么我没察觉，可以不当是一回事？“这很有趣，我的舅舅是爸爸的好朋友，外祖父很早过身，所以妈妈很小就要工作，十一岁就在当学徒的地方居住，侍奉她的师傅，我的姨妈也是这样子。”“那就是工人阶层，嗱，一开始我已经问你家庭两方面在地位和财富之间的不同，因为悬殊，他们对物质世界的观点也会有很大的差别，爸爸是拿着银匙，而妈妈要在十一岁开始工作——当我二十岁的时候父母叫我去找份工，我问为甚么？哈哈哈——你亦谈及到很重要的是姑姐们被忽略，爸爸是被宠幸的一位，这是极端的成长背景。之后呢，爸爸打理家族的生意？”

“形式上是，但他并不认真，后来更成为了典型的二世祖，当他开始掌管生意，有很多坏影响的朋友。”“这些人操控他来得到金钱？”“对。”“我们在谈的是牵涉到金钱的出卖。”“还有女人。”“你认为她们要的是甚么？”“钱。”“*OK*，返回你的 *88/16/7*，你的物质世界观受家庭状况影响，首先是悬殊的社会地位，然后信任被伤害及被操控——由女人、朋友而来！都牵涉到金钱！”我心里低声尖叫了一下：呀！“*OK*，之前说过前夫的女友是一个童年伤害模式的伸延，她是一个操控者(*manipulator of money*)。”其实可能是他的妈妈，但也是一个“她”。

“你爸爸不算努力工作，但他却有 *lifestyle*，对不对？”“非常 *stylish*……”“非常 *stylish*、好看、平易近人、满有魅力、吸引力。”“对对对，我仰慕他、崇拜他。”“你将父亲理想化。”“当我小的时候。”“爸爸背着妈妈偷女人？有或无？”“有，很多女人。”

“我告诉你家庭中有信任、背叛的问题，或被掩饰、合理化，以示一切安好。”“家里的人不说话，尤其老一辈不沟通的，祖父替爸爸收拾很多烂摊子，那些投怀送抱的女人有些是有黑背景，桃色事件最后会变成勒索，祖父要变卖物业来付赎金之类……这些是我童年时听过的故事。”

一阵静默。

“这是一个来自 *88/16/7* 家庭的经典个案。”

“真的？”“你爸爸对钱和地位不负责任，做了不适当、甚至不道德的活动伤害妻子，跟坏人群在一起，连累家庭名声受影响，财富也受影响，要祖父打救他，而你却将他理想化成这无得弹、十分有型、倾心仰慕的人。”

一口气深深地从鼻孔喷出来，我垂下头，望着地。“噢，我不是说……”“我知道”“我不是要丑化你的父亲”“我完全明白”“你需要现实地看清楚事情”“对对对，我完全感激，真的。”抬眼望着 *J*。

“*OK*，爸爸错误使用物质世界，挥霍金钱，当他被那些坏人操控，遇到麻烦，祖父打救他，但每一次打救都会伤害家庭，为甚么祖父要打救他？他已是一个成年人。”这就是文化差异，西方父母比较能见死不救，东方父母很难。“而当你将父亲理想化，你根本不能看到问题的存在，你的潜意识将这些问题内在化 *(internalized)*，当你内在化了父亲的问题，父亲犯的错由你来承担惩罚——潜意识是这样运作的。他的成功不是自己赚回来的，他滥用了权力和地位，背叛了母亲，是那么清晰，但如果你美化他和保护他，在你心目中他永远是这个不可思议、魅力惊人的父亲，你就将他的问题变成了你自己的。”

“那只在一个很深的层次运作。”[注 8]

“对，潜意识。我看着你在事业的高点突然收到这个信息：*You have to back off*！或重新思考你的人生，而这个信息将你带到印度——终极的 *7*——你逃离 *8*，然后拥抱纯粹的 *7*。”“还有秘鲁。”“这一切，你不能走得更远了，远离物质世界与商业运作，是纯净精神、联系灵魂 *blah blah blah*……在印度他们教 *non-duality*、佛……都是说物质世界是一个幻觉，他们教 *detachment*、*asceticism*……”但我不是在印度觉悟的，虽然在那里看到很多，学懂的却是从别人的负向心和行动来告诫自己不要像他们那样。“而这个摆动发生在事业的高点——当你得到认同——突然间身体发作，而你的反应是‘我要远离这一切，跟灵魂联系’。”

突然间心底的秘密被人打开了，竟然十分高兴，“一直以来都有这种很强烈要脱离一切的冲动，每当完成了或实现了一些目标，就不能自已要将自己拉走。”

“那是因为——*OK*，看看母亲，她来自较低层，没有权力，你父亲可以喜欢就去做，你在美化他的过程中也给了他通行证，当成年人从事不恰当行为而小孩将之合理化，小孩就将行为和后果揽了上身。父亲背叛了母亲，既伤且痛，但如果你无法认清这情况，你就会将之掩盖，即使抑压着，但伤痛仍会渗入，换言之，如果父亲将他所拥有的用得不恰当，吸引了负面的东西，在一个深层次，物质世界于你是跟不道德和伤痛有关，句号。

“嗲，在表意识层面，你当然喜欢美好的一切、赚大钱，你是 *88*，你需要无穷的 *abundance*，吃好住好穿好的，无问题，我非常同意，我也喜欢吃好穿好住好，所以我完全明白，但在一个心理层次，嗲，这完全是象征：你无法不将成功、金钱、地位跟伤痛联系上，你爸爸是因为钱而被其他女人所伤害和操纵，他的朋友占他便宜甚至出卖他，介绍有黑社会背景的女人给他，家庭背景充斥着跟钱有关的出卖和背叛。所以当你跟我说：‘呀，一旦做到成绩，我就要把自己拉走。’我一点也不意外，因为你在说的其实是：‘天啊！我不能失去自己，我要跟 *meaningfulness* 联系，我要跟灵魂重新联系。’为甚么？一般人成功或到了高点，只会不停地庆祝开派对。”“我完全做不到。”“噢，我知你不能！你尝试做的是 *calibrate*（校准自己），你一直在那个世界前进，但没有好好跟 *7* 作平衡，那会有甚么发生？潜意识里你再次看见父亲被朋友、女人、甚至祖父操控，然后不能自已地背叛了母亲，最后伤害所有家人，这就是 *88/16/7* 的伤痛模式。

“每一次当你的 *88* 开动，焦虑就降临，潜意识害怕物质世界的成功会给你带来伤害，所以要逃跑到安全地带，肯定你没有被冲昏头脑，没有迷失方向，没有失掉生命重要的东西，肯定自己没有邀请那一大抽背叛和伤痛。”“有时会将之投射到其他人身上，会有很强烈的警惕信号：不要像他们那样！”“你可以翻带（指着录音机），较早时候我跟你说身边哪些人是 *8*，哪些是 *7*，你活在两个世界，你知道那有多厉害？你有物质虚荣的朋友，我意外吗？你认识高尚和有深度的朋友吗？当你认识的人拿着鸡尾酒在讲东讲西是是非非那些肤浅、物质的话题，你又再次得到那个世界，*8* 失控。”“但那是工作一部分，不能不做。”“我不是说不要做，只是说你要清楚和明白，在我看来，你是在 *8* 和 *7* 两个世界之间跑来跑去，你一定是达到某一程度的成功，令到深层的 *7* 受不了！”

“所以我以为 *09* 年会写一本书是关于在精神层面找到自己及启发别人，但没做成。”“慢住，之前说过你的数字是将所学到的传送给其他人，可以是透过纪录片、电影或是一个牵涉更多人的 *project*。”“慈善。”“慈善也很好！这一切都是将物质世界作为一个正面能帮人的用途。在你的童年，甚至直到现在，物质和精神世界都是互相冲突的。一方面是因为你的经历，你要确保自己不要像妈妈那样无助，话时话，小时候为甚么对妈妈有偏见？”

“潜意识的我不知道，可能是她无力反抗任何发生在她身上的不公平，我只记得抱怨她没有好好地照顾我，她一个人看顾几个小孩，需要逃避，跟其他背景差不多的 *desperate housewives* 搓麻将去，最怕一放学打开门，一屋都是人，噼噼啪啪，所以童年生活一方面精致富足，因为爸爸的缘故；但另一方面日常生活吃饭不准时，校服忘了洗，有时忘了叫我起床上学，又会拿她跟同学的妈妈比较，不懂得欣赏她的任劳任怨，嫌她有靓衫也不穿，现在长大了当然知道她的压力很大，因为第一胎不是生仔而是生了我，听说老人家连医院也不去，省得探望，往后当然要看脸色，没有发疯已经很了不起。”“妈妈现在应该活得不错吧。”“每当爸爸分了钱就不见人。”“所以你看爸爸的不负责任给妈妈所添的压力，令妈妈要逃避这一切，而你长大了要确保自己有能力，我用比喻，就是确保衣服洗得干净，一切井井有条。”“事实上在这方面跟佣人也出现问题，有一段时间接近神经质的吹毛求疵。”“因为你想将不对的扭成对，混乱的生活回归理想状态。”“尤其婚姻不愉快的时候。”

“你追求丰盛的物质世界，正正是同一个伤害了家人的世界。”“可能更复杂的是，我是家里最聪明的，但从不会自动得到资源分配，祖父会认为女仔没有必要留学，甚至没有必要读这么多书，所以一切都要争取，年纪很小已经要游说父母，而且未必能争取得到，因为父亲也听命祖父。”“这跟你的姑姐们的情况是一样的，在资源上遭受不平等对待，再一次，你觉得不被支持。”“那如何影响我？”“它影响你，因为每一次当你有努力向上的动力，超越‘你只不过是女仔’去证明自己，去获得母亲没有的东西，要成功体面生活，埋葬在这一切底下的，就是对同一个世界的厌恶（*aversion*）。

“我肯定即使在一个中国家庭，发生这样的事都不会是体面的，而当家族里倾向粉饰甚至遮掩事实，你也会倾向不承认这一切。一方面你得不到的，要靠自己的努力去赚取，在赚取的过程中，你要赢得的世界，正正就是伤害所有家人的物质世界。爸爸不能自已，无法控制自己，他挥霍不因为感觉良好，而是有点麻醉自己，填补某些空虚，令自己好像有点意义和价值。”“他当时无意识，亦没有人教他，后来也因此而吃苦。”“因为？”“他一向不善理财，祖父过身后生意越做越缩，妈妈廿年前跟他划清界线，他们离婚时我还在念大学，最后跟他一起的女人是伤害我母亲最深的，就是打电话那个，现在那女人对他并不好，因为她已耗尽他的所有。”

“我不知该说甚么，你是没一有一可一能不感到一些残留的痛楚，基于这样，当你有另一层次的地位转变或成功，就有些事情会发生，要不抽身往其他地方释放自己，要不就像上一次那样，得到身体的抗议，我们叫 *dis-ease*。基于没有好好认真地处理这些情感伤口的毒素，可以说前夫的女友是过去一个阶段的重临，将问题放大，她只是一个象征，代表童年时父亲所吸引的女性。所以这个意识的转移是身体带来震撼，把你叫醒：‘我的天，我需要改变生命模式！’你说去年 *30/3* 没有写成那本书，没有太多事发生，但其实不少事情发生了，赚了 *easy money* 和 *easy growth*，现在 *22/4* 希望你建立一些重要的东西，到了 *2011* 年就是自由的 *5*，冒险、新方向、新机会、新行动，那你认为这 *22/4* 是关于甚么的？”

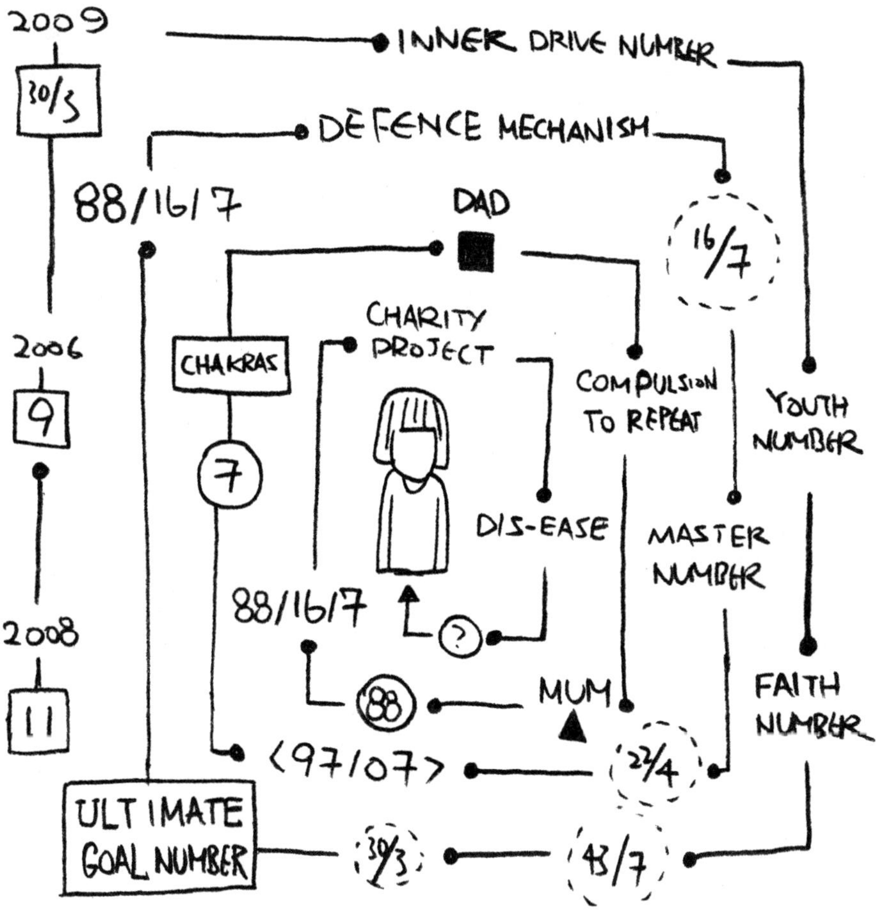

注 1 | "Shift of Consciousness"。 注 2 | "I called that 'Opening the Floodgates'" 注 3 | 不同的 Numerologer 的叫法不同，Faith Javane 称这做 Soul Number 灵魂的数字，而 Josh 爱叫它做 Heart Number 或 Inner Drive Number，是将出生名字中所有 vowels 加起来的数值，而 Personality（外在性格）则是 consonants 加起来的数值，将 vowels 和 consonant 加起来的总数值就是你的天赋（Natural Ability）数字。注 4 | 命运数字是 Life path number 43/7 "I called it emotional concerns around trust"。注 5 | Year Number 是生日 + 当年，我的生日是 3 月 16 日，所以 2010 的数字是 3+16+2+0+1+0=22，2+2=4。注 6 | 88 is the Master Version of 8，8+8=16，1+6=7。注 7 | 11，22，33，44，55，66，77，88，99 都是 Master Numbers。注 8 | 是的，我有保护父亲的习惯，即使听着 J 这样侃侃而谈，我想到的是很多歌手或名人吸毒，不是因为他们犯贱，而是贩毒的人主动埋身，引诱他们堕落，利用他们的无知和脆弱图利。我不是说他们不用负责任，但某程度上也值得同情，不用对他们太严苛。

“我在南美旅程中途得到了写书的灵感，而这书好像能解开很多问题的结。”“说来听听。”你之前读到的第十七章，我用了三百字告诉*J*。“我听到一句令我非常震惊的说话而驱使我返回*88/16/7*和你的童年去寻根究底，你不肯说太多，好像是你问前夫关于儿子的生活费，而他答：‘又不是我给你病，为甚么我要帮你？’这是情感上的出卖，再一次牵涉到金钱。”“上次我见你，你已经说我的一切亲密关系都跟*8*有关。”“他对你背信弃义，在象征层次，你其实是再次游说你的（祖父）、父亲，希望获得支持，你看到这个伤痛模式迫着要重复自己吗？看看时间的因素，你到达某程度的成功，你的身体立即关闭。”

“我知道要将不同部分的我融合一起。”“你要*integrate*，你不能摒弃物质世界，因为那是逃避，我有些客人都有*7*和*8*的组合，有些是*78*，有些是*87*，其中一个坐下跟我说：‘我想出家。’问我看法，我说：‘听上去非常神圣，颇令人佩服，但你同时在说废话。’‘你是甚么意思？’‘你只不过是想逃离物质世界。’”“逃避是行不通的，我试过。”

“*Kabbalist*说你要在物质中找到精神。我们已经谈过了，你要在物质世界继续建立，但所做的一切应是*100%*跟你的精神自我同一阵线。”“还有物质自我。”*J*翻翻眼，“我说‘在物质世界’！你要将你有的数字能量融合，而不是让它们将你拉去这里那里，跑来跑去。换言之，你做的一切，在个人层面要有意义和深度，而且是*healing*的，那你才能释放过往的伤痛。”“我常被告知我透过写作来*empower*其他人，尤其是女性，甚至会透过慈善，但这会是生命较迟的部分，慢慢会显现。”“*Perfect*，那是一个我称之为有规模的运作，基于智慧和对社会的同情心，也返回去你母亲作为环境的受害人，你可能在成长的时候被母亲忽略，但你父亲也忽略你的母亲，她的环境也忽略她，她的少年时代也挣扎，她是无力反抗，直到她决定离婚。我完全看到*empowerment*的议题，*8*不光只是物质上的资源，它的另一些部分是关于权威和力量。

“你的伤口是，如果成功来到，而你没有剪断‘家族伤口的脐带’，你就会惩罚自己或感到不舒服。你要知道，你的数字里有一个很大的成就需要(*such a need to achieve*)，但这个需要不光只是野心。当然以你的历史，会有失去物质或财政稳健的恐惧，尤其父母之间有这样的权力和资源鸿沟，撇除典型的亚洲男尊女卑关系，这仍然是十分疯狂的‘我要强，我要成功，我要令事情发生，我不能在一个被动的位置！’因为在你的家庭背景中，女性都是被出卖或被忽略的，而你不想成为同样的受害人。我猜发生了的是你的焦虑将你推得太远，远到你已经看不到界线，只是一味努力地尝试成功，将之用来保护自己免受进一步的伤害，却没有处理原本的伤口！你不停建立：‘我独立，我会赚钱，我会实现目标，无人可以操控我。’对不对？但这只是掩饰你的恐惧，害怕要真正面对情感上的各种出卖与辜负，当你为*8*付出了太多，就投奔精神世界，往你的*7*补偿自己，但你的人生不是关于‘要成功、要强、无人可以再伤害我’诸如此类，你可以照顾自己，无人可以支配你——但这不是你在这里的原因，你在这里是要看清楚这个世界的两面，将精神和物质结合在一起，净化(*sanctify*)物质的世界，将之引领到一个更高的层次，更阔更高的愿景，这是你在这里的原因。

“你过往在做的，我猜是一股强烈的焦灼动力，用成功来保护你免受进一步的伤害，但你的身体告诉你走得太远，忘记了基础是不稳定的，它想你面对旧伤口 *(confront the old ghost)*，那 *Ayahuasca* 或 *San Pedro* 甚么的，就是面对自己的阴暗面，因为你将很多事情美化了，你保护父亲，但当‘父亲’回来，你要游说他，为儿子讨生活费，*the insensitivity*！ *the unfairness of it all*！”“前夫的确很像我的父亲，讽刺的是爸爸曾问：‘为甚么你会想嫁这么一个人？’”“*Well*，他看到……我也不会想我的女儿跟一个像我二十岁时候的人拍拖， *my god*，我对女孩子的所作所为， *I was deadly*！

“现在我们清楚这个意识转移，及知道它要将你送往哪里，你说的新书写好了没有？”“才刚开始。”“这是 *22/4*，这是有意义又能替你开拓新领域的，当你到达 *23/5*，我的感觉是它会进一步带来 *88* 类型的目标和机会，只要当中是跟 *16/7* 同步。”

“我大概知道要走的方向，我被忠告‘请尝试不用脑写，心智阻碍了流露，不要想得太多甚么市场、读者、结构，应该学懂传递心里的，甚至该重新训练左手写字，因为左手连系心灵’。”“这是一种新的写法？”“我会尝试新的方法，最少限度用左手拿着录音机！哈哈！”“那就够好！故事是甚么？”我其实不习惯跟别人讨论我的写作，亦从来没有人问，前夫不读中文，他对我的工作只有概括印象，家人也不读我写的东西，这某种程度上给我一种安全感，因为我的生活就是我的作品，他们不看，其实对我是好的。

“*09* 年我想写一本关于如何获得生命中最好的书。”“生命中的最好，在甚么层面？”“你知道香港人，我其实是颇典型的香港人，有很多压力，很多恐惧，很多不安全感，所以每分每秒都想着囤积资源（揾钱），以为有了足够的资源就可以无忧无虑，亦可以感到安全，但事实是没有足够这回事，我想用自己的经验告诉别人，这不是获得生命中最好的方法，而是应该有其他更好的方法。”*J* 本来在饮水，几乎呛着：“我的天，你说的是用你的心智、经历的真实，去创造生命更多的丰盛，如何摆脱那恐惧，*holy shxt*！这不就是我们在谈谈谈的……（他太兴奋，兴奋到口吃）这就是将 *88* 跟 *16/7* 融合！你透视他们的精神状态，他们在想甚么，他们的恐惧，他们的幻觉，及到底是甚么在阻碍着他们，你想说的就是这一切可以改变，请改变这一切！”为甚么我的想法从他口里说出来特别动人，是不是天秤座的魅力？“转换你的 *perspective*（观点），你就能将你想得到的显达出来，这还不是将精神的知识跟物质世界融合？”

“但我做不到，做了很多笔记，但无法坐下来写，有点抗拒，也许是恐惧。”“你知道为甚么？因为这是你生命的故事。”他怎么能这么快？“这书不是一本简单的自救书，这正正是你伤口的原因。”

沉默。

“很多时候人赚不到钱或赚不够生活，是因为他们不认为自己很有价值，在占星学里，第二宫是跟钱和自我价值联系，两者其实是同一回事，当你珍惜自己，觉得自己很有价值，你自然认为你所做的一切都是珍贵的，不会贱卖。很多时候我们看见父母分手，父亲不愿意付子女生活费，那些小孩心底里会这样想：父亲认为我不值得。”

“我父亲是喜欢就给很多，花光了就没有，很飘忽。”“唔，我不想这一切等同钱，因为这不是关于钱，钱只是象征，你在说的，是每一个人都应该值得有一个丰盛和成功的人生，而这代表了很多东西。你知道，挥霍金钱其实是不尊重金钱，不尊重金钱，因为他不尊重金钱的价值，说到底是他不太尊重自己，如果你要用一个中文字去总结，这就是物质世界的‘道’*(Tao)*，这不是关于你能赚几多或能不能赚，而是自我价值和生命中重要的东西，当你做对的事，钱会跟来，当你珍惜自己，你就不需要担心钱。你在做的其实是深入这种有限的人生观，恐惧的人生观，改变它。”

“因为我经历过，我只不过希望别人不要走同一条冤枉路。我看到很多人物质上放纵，误以为是爱自己，最后导致债台高筑或身体不好，在过程中亦没有获得真正的快乐，以为自己得到了一生想得到的，但其实满足的只是一种心瘾，或社会告诉你该追求的……很快又觉得不够。”

“当没有其他支持的时候，你还能感到自己的价值吗？当你看物质世界，你会觉得金钱是万恶之首吗？”“我不信这个。”“当然不，邪恶才是万恶之首*(evil is the root of all evil)*。”“对呀！”“为甚么要将金钱妖魔化？当人得到了，他们就想要更多，甚至不惜操控其他人去获得更多，像马多夫已经赚千万亿万但仍然不够，仍然要去搞其他人，就像那些保险公司为了盈利不择手段，那些*CEO*的花红……这都是资本主义的反挫*(backlash)*。当你将物质世界放在一个适当的位置——你能享受的，能够为它努力，有一个舒适的人生，但同时明白生命不是关于物质，而是有更深层的意义，那么你就可以在物质世界里享受物质，但不被物质所影响或控制。我想说的是，你应该将成长时候经历的负面，反过来用在正面方向，不要逃避这个世界，将这成为你生活的一部分，然后教其他人怎样做，对不对？”

“我已接受了我永远都有一只脚在物质或时装的世界或其他。”“但你在净化它及帮其他人，而不是滥用它，钱只不过是钱，钱可以用来帮助穷人，也可以用来买些*Prada*鞋，重要的是活出你的使命，又能够跟物质世界并存。你希望其他人不再在一个恐惧的位置，不要怕没有钱没有地位就没有价值，而不是告诉人：‘噢，钱*(*摇摇头*)*，太恐怖了，能够获得精神的满足就是跑去深山。’那只是逃避。我会说这本书就是对癌的一个直接回应，一个意识的转移，它启动了一些深层的伤口，令你面对。唔，言归正传，这书会替你创造全新的机会，它会改变你的人生，我们知道你离开*22/4*之后就会去*23/5*，现在让我们返回你上一个*5*，看看发生了甚么转变？”

“那是甚么时候？”“*2002*，或者是*2001*年的*10*月，也可以伸延到*2003*年初，但主要是*2002*。”“我怀孕了，儿子出生后一切慢下来。”“你儿子是年底出生，所以已是在*6*的周期，*6*是管家庭、小孩、家居和关系的改变。”“对，肯定是大改变。”“我想返回*2001*年*10*月，有甚么发生了？”“……置业，因为之前签了一张颇丰厚的合约，后来因为主权易手，工作不用做了，但他们依约赔偿，所以我就是孵在家里饮红酒看电影然后买楼。”“这十分有趣，*5*是关于打破限制，获得自由。”“哈哈哈！现在我终于得到答案，我从来不明白那段日子是怎么回事。”

“*5*是管自由和转变，闯新领域和新方向，我认为*5*是关于不再被约束，可以做你想做的事，财政上很明显是将这一切交到你手中。”“上一个 *5* 我并不特别感到自由，甚至没有现在这么自由，置业后只是孵在家里，虽然置业也算闯新领域和做了我一直想做的事。”“财政上你有自由，可以随心所欲，你却感到不事生产。”(记得当时一位追求者问我：“你想做甚么？”我告诉他这样那样，“那你在等甚么？”我才发现自己既有钱也有时间，却甚么都没有做。）“我开始写专栏。”“这是你第一次写？”

“也不是，一直都在写，但不是专业地，*01* 年算是专业地开始写，但写专栏所用时间有限。记忆中那段日子很不寻常，我记得跟自己说：‘你不用慌，以后要做的机会多的是，不如好好享受无所事事的日子’。”“你甚么时候签合约？”“*2000* 年 *9* 月。”“之后发生了甚么事？”“你还记得科网泡沫？*1999* 至 *2000* 年我参与建立了一个网站，那网站赢了奖，口碑亦好，一如以往我又觉得要将自己拉走，去了欧洲，回来后就有信用卡银行想做一个更大型的购物网站，其实功夫已做得八八九九，一切准备就绪，可是在推出前夕却遇上收购，新的管理层将一切搁置，但签约的时候他们怕我会走，所以签的合约是双方都没有‘出路’，本来是保障他们的，我却变成了受益人。”

“你说世事多疯狂！*OK*，你将会再经历 *5* 的周期。当你做一些有意义及服务别人的事情，这会改变你的能量，我相信当你能够将 *7* 和 *8* 物质与精神融合在生活里，你会开始吸引这些人。我常常被客人问：‘我如何遇上这个人？’或‘噢，当我跟他一起的时候真的很好玩，但我觉得他不够稳重。’又或者‘这男人跟我一起工作，我很尊敬他，但他是一个工作狂，无情趣。’……他们要求这要求那，我会问你可有看看自己？你有将这些东西融在一起吗？你怎可能期待对方将你没有的部分给你活出来？我总是觉得不可思议。

“事情是这样运作的，你不是去寻找这个人，你只能吸引这个人，当你能将自己的数字合而为一，你就会吸引更多合而为一的人，而不是这种……”“精神分裂的……”“对，精神分裂的。”“在生命最黑暗的时候，常常深夜坐着哭，一边哭一边见到一个强的自己在教训那个在哭的自己，甚至想自杀的自己，有一段很长的日子，每晚都有两个自己在辩论……我庆幸那些日子终于过去了。”

“我认为这是 *heal to integrate*（愈合）的时间，以你的情况，身为 *88/16/7*，*healing*（康复）是透过 *proper business*（办公），听上去很疯狂，‘噢，那听上去不像 *healing*，听上去像讲座！’不不不，这是 *healing*，因为你不能抑压 *88*，你要将它适当地运用。与其成功就要逃，成功然后请给我一些病，好让我不会炸开，或天知道会有甚么发生，你能够停下来，*gain your bearings*，问自己——我在保护甚么？我在掩饰甚么？面对了，由现在开始，我不想你再去 *8* 或去 *7*，我想你真真正正成为 *88/16/7*，浑然一体，我称之为 *Zen Business Woman*(禅的生意人)。”“听上去很好！”

“*It’s great*！*Be productive*！你知道为甚么当你有时间和自由，坐着叹红酒，偶然写一个半个专栏会感觉不好？因为这返回去你父亲有财政资源却不事生产，你感到你在虚耗光阴，所以 *be productive*，有良心地多产，有精神地多产，有目标及帮助别人地多产，你知道外在的一切只不过是精神世界的显达。嗱，你在上一个 *6* 生了儿子，我不是说你下一个 *6* 会再生小孩，但 *6* 是管关系、承诺、家居转变，而这只有两年时间，我的感觉是如果你可以打破这个跑来跑去的旧模式，能够有意识地将 *88/16/7* 融而为一，你会开始吸引另一些成功地将 *8* 和 *7* 融合的人进入你的生活。

“当你开始吸引新的朋友，新朋友可以是新的他，一个能够将这两个世界结合的和谐美丽反映给你的男人，他一只脚在 *7*，一只脚在 *8*，而他在起舞。*8* 是由两个圈组成，顶圈是精神和创意的世界，下圈是孕育物质的子宫，它们是相连的，这一切可能只是虚幻，但这是必需的幻觉，这世界是一个 *matrix*，也是灵魂的学校，下来不简单，首先要学懂处理痛楚，我跟上天说的第一件事是：‘痛是怎么回事？是谁发明痛？痛可以为我们做甚么？我们为甚么需要它？’‘*Ah ha*！这一切是都关于经验和学习。’，*rabbi* 说［注 1］。

“过去的伤口回来站到你面前，当你处理和面对了，你就能够看到父亲这样，可能因为他的自我形象不高，他不明白，可能他很有天分，但如果他不觉得自己有天分，一切都没有意义，可能他感觉很坏，因为他有的妹妹们没有，所以他大洒金钱，‘将我的钱拿去，我不值得。’这一切都是潜意识。”这令我想起很多如日方中赚了大钱的朋友，有些能把钱留住安享人生，但很多天才横溢的却会招惹各式各样的麻烦或恶习，一次又一次地将自己赚来的赔上，他们的潜意识恐怕也是有这种破坏性结构。“你的妈妈以为嫁了就生活无忧，谁知却变回同一个要吃苦的学徒，要为钱担忧，这一切没有道理可言！你的祖父也在学他的教训，因为他尝试操控儿子，希望他继承一切，而忽略了其他家庭成员，最终他要为这付出一次又一次的代价，如果他发现你父亲真正想做甚么而协助他去达成心愿（对，父亲的艺术天分很高，绘画、摄影、拍片、下厨都是他的兴趣，而且都获称赞。），可能他不去操控一切，事情会很不一样。

“你父亲有学到教训吗？谁知道？看，我们全都只是人，这全都是一所大型的学校，让我们来学习，我能看到的只是你的教训是甚么，我不能停止这些事情的发生，因为这一切都是要教育你如何有意识地活着，当你能看清楚你就会吸引一个不同的世界 *(matrix)*，一切伤害的循环会停止。当你能创造自己的丰盛 *(abundance)*，平衡融合不同的部分，那么这个人就会出现来敲你的门。

“*OK*，我们谈了两个小时多一点，现在做个 *Q&A*，问我一些对你来说是重要的问题。”“我一片空白。”“很厉害，是不是？这是两小时完成两年的治疗！我真替你高兴，因为我不用坐在这里打探及替你寻找有甚么可以将 *7* 和 *8* 融合，帮到你又帮到其他人，你已经在做！对，你对这事情抗拒，因为这是十分私人的，这是你的生命，也是强烈的情感抒发 *(catharsis)*。嗱，你之前有过的自由，你觉得没有好好地利用，你将会再有这自由，而你将要前往一个不同的方向，将你想要的用一个新的方法去做，新的电话会来，新的机会来，你要有智慧地运用那能量，然后将它带去另一个更高层次的 *88/16/7*。

“一样很重要而我仍然在学的，就是外在的认同 *(validation)* 是无法真正确认 *(validate)* 自己。”“对，每当得到，我就会感到那空泛。”“我一辈子就是希望得到这个”“然后不是你想象那回事。”（我们互相完成对方的句子）“那一定是要由内心出发，很多时候当你感到不足，都是因为得不到足够的爱，在我长大的地方 *(Pacific Palisades)*，周围都发生这样的事，那是一个富裕的社区，像沙滩上的比华利山，很多小孩长大时父母都不在身边，父母周游列国去玩 *(jet set)*，而忽略了子女，当他们感到罪咎就会给子女买平治跑车或任何令他们感到开心的，但当他们长大，你知道……”“滥药。”“我的天，每个人都吸毒、撞车。”“（*Less than Zero*）[**注 2**]。”“噢，我完全是在那环境下长大，无所事事，日日派对。”“你也是这样？”“不，我的父母不一样，我是被领养的，领养父母是上年纪的犹太人，我的父亲常说：‘为甚么要给你钱？’‘人人都开平治跑车！’‘甚么？我要给你买平治？你疯了吗？去找份工！’你知道，我的父亲现在九十岁，在大萧条生活过，但为甚么我要找份工？很多时候当人得不到爱，他们就去寻找次等的物质、名、利或成功。”

“几乎人人都是这样。”“所以当你遇到一个人，他真的不在乎，‘我在干我喜欢的，我不需要任何人来告诉我有多伟大、多好，我知我有多好’或‘我不需要一个有钱或出名的伴侣，我只想跟我喜欢的人在一起，我很满足’，我像‘哗！’我有我的伤口，被领养像是被退货被拒绝被遗弃，感到自己无价值，常常觉得：‘我还未准备好可以得到那女孩，直到我有那样的成功’，然后不断问自己：‘为甚么你不能现在就得到她？’因为：‘她不会选我，我的书还没有写好，我还没有证明自己。’（我在旁哈哈大笑），对自己多么不公平，我讨厌自己这样，这是我要努力的地方，我要打开自己……看，这全都是大图画的一部分，而我们亦将一切的神秘感和迷思扫空，甚至你对这个 *project* 的不安和抗拒、这个病如何来将你停下来，然后引领你到秘鲁，让你知道还有这些残余的痛——不光光是来自前夫的，而是来自前夫所一代一表一的一切——那就是童年的伤痛模式。你说得好，你的前夫就是你的父亲，这才是真正的伤口 *(the real wound with the masculine)*，如我所说，你要停止‘队野’*(smoking crack)*，这对你真正有害无益，哈哈哈。”

注 1 | Rabbi 是犹太教士的称呼。**注 2** |（*Less than Zero*）是 Bret Easton Ellis 在八十年代的成名作，以 Elvis Costello 同名歌曲命名，写的是当时美国西岸富裕年轻人颓废生活的现象。

第三十四步 | 人人都有一课

酒店好，叫我不願外出，連住在比華利山、SilverLake和Pasadena的親友也沒有打擾，在酒店、Melrose & The Grove过了悠閒40小時，实在太喜歡好萊塢西（註1），挑了四个地方進行88物質活動（註2），臨離開那天，再約J讀读兒子的數字。

儿子的数字只读了一个小时，感悟很多事情是无可避免地要发生，而我们无需内咎，悉力以赴就是，亦不用怪罪他人，正如父亲所做的或前夫所做的，或我自己曾经所做的，一切都只是一个学习的过程，犯错是必然，重要是知道和明白，然后对人对己宽容，或如朋友所说，没有对或错的分别，只有有意识和无意识的分别，当你意识清明，自会作出最高选择，自然不会重蹈覆辙。当我听完儿子的数字之后，再一次震撼至无语，*J* 从简单的数字就能读到他要经历情感的复原*(33/6)*，如何因为童年环境的波动或戏剧性的父母关系令他一早学懂将感觉的波涛压下去，永远是父母的开心果、活泼乐天的好儿子，而不知道自己将不安和愤怒锁了在甚么地方，这是潜意识一切以安全感为大前提的必然，代价是牺牲情感上对自己的忠诚。怎么可能从数字中就能读到长大后的感情模式和工作狂的倾向！“一方面他有个爱他至上的母亲，另一方面，这个在家的母亲却不停工作，*being there but not there*、而基于‘强迫性重复’*(compulsion to repeat)*，长大了他会被同类型的女性吸引，在无条件付出和情感隔离之间摆荡，或倾向受到压力大的上司或工作环境吸引，例如创投基金，或创业*start up*……*13/4*是受情感影响的工作狂数字。”

当然，*J* 不是先知，他只是提出可能性，而看到可能性的准确度也是经验累积和自我提升的结果，他可能没有五年前那么英俊，但比五年前的功力深厚多了*(*虽然五年前我已觉得震憾，但这五年间我也大跃进*)*。我读过很多*numerologer(*占数学家*)*的书，每个*numerologer*的倾向都不同，有些是*spiritual*的，一切是关于侍奉上天和人类，有些是现代纯研究数字的物理和用途，*J* 是结合了心理学和直觉，接近特异功能的通透，所以他这门学问叫*Advanced Intuitive Numerology*，其他人即使学懂了计那些数，也未必有这种直觉，所以是独门功夫，不肯教亦很难教人，但重复地听他的录音，慢慢也能理出头绪，学到两三成。

叫我当头棒喝的是既然儿子选择了父母，这是他要面对的挑战。终极目标*76/13/4*，就是要建立真的安全感。我在离婚前后的几年情绪大上大落，又不断搬迁，的确会造成儿子的不安全感，如果纯粹从心理角度去看，心理医生会说因为童年发生了这些事，所以没有安全感，或自制*(*假的*)*安全环境，一感到不妥就落闸隔离，装作一切正常。这没有错，只是一个较低层次的阐释，看阔一点就能看到，因为他的灵魂要进化，选了这些高难度动作为目标，所以这次回来*(*这个世界*)*就被安排了这样的环境来挑战自己，能否建立或找到属于自己的安全感。因为真的安全感只能自给自足，没有人能给你，但童年的经历和周遭的环境可以深化或淡化感觉。我想到我的兄弟姐妹，在同一家庭环境长大，但很明显，我们的“课”很不一样，他们未必有我的问题，而我也好像没有他们的问题，但人人都有自己要上的一课。

有趣的是，我的命运数字是儿子的天赋数字*(43/7)*，他有两个*8(26/8 & 17/8)*，也是*7*和*8*，分别是我毕生致力要学习的他却与生俱来，当然他获得另一些教训，这也契合一些*spiritual teachings*所说，一切是承传的，父母给子女，子女可以给父母，当我们积德或治愈了自己，父母或子女会即时受益，因为我们是血脉相连，甚至在“业”的层次也是有些共同分数的，我做的可以过户给他，所以我的努力会成为儿子的天赋。他爸爸的一组数字也在他的另一个部分出现，上帝造人真的不可思议！

破了自己的記錄，四呎長的購物單據！

注 1 | 回家廿四小时后，就上网看好莱坞西的房地产，发觉以香港的楼价换彼邦低颓的市道，轻易就能买到一间有泳池和花园的屋，不经大脑地发电邮告诉 J，发信后才觉得自己莽撞，叫人家怎么覆呢。**注 2 |** 就是 Barneys，Melrose 的 Bodhi Tree 和对面街的 Kitson 和 The Grove 的 Gap（爱它典雅少人又大间），连 Fred Segal 和 American Apparel 都去不到，实在不愿逛街。

第三十五步 | 有效期起码三个月

在南美洲最後時刻，各人離開的時間和班机都不同，Ann 和 Andy 多留一会，睡夠了才上机回家。當 Andy 知道我的下一站是好莱塢西，就說他也需要同樣的精緻充电(sophistication)，這是我們體内的天秤座呼唤，也是我了解自己的緣故。高山大漠固然喜歡，但最重要各方面都能平衡滿足，滿足了心靈之後，还有我的 88，∴ 購物、吃得好、有司机車出車入非常重要，有人照顧訂館子、看好的节目，即使睡不好也滿足。領隊臨別時說：「你覺得這廿来天已很神奇？回家你会看到更多转变」，life changing experiences 真的继續發生。

第一个月

1 回来后，跟的士司机一幕明显感到自己不同了。踏入家门，不理天日先死睡十七小时，之后一整个月都能够入房上床熄灯睡觉。这样简单的事，别以为很容易做到，在香港生活引诱多、压力大，身心很难一致，眼皮跌到下巴了还想看书、上网，不愿睡。可是回来头三十天，心无旁骛，心想的就做到，要睡就能睡，要停就能停，感觉比性高潮和满载而归还好，因为不是短暂的满足，而是像拥有黄金光环或特异功能般的宝藏。

2 睡了十七小时之后工作马上展开，在工作中也看到自己的不同，例如*Izzue.com*出白色信用卡请我拍照片，在镜头前忍不住弹跳，高低左右，能量满泻，且是从心里笑出来，收也收不了，感染了拍摄棚中每一个人。从来，在陌生人面前都是倾向拘谨，但自我限制在自由信任课(*Condor Initiation*)中被拆除，快乐能量流来流去。

3 儿子要睡，“也请妈妈去睡”，我也真的能每天比儿子更早起床，服侍他上学，弥补过去一个月不在家，他放学又用所有时间来陪他，而不再是人在心不在(*being there but not there*)。

4 相约家人见面派利是，就问爸爸关于他偷渡来港的事，他连一句为甚么都没有问，竟然约好下一个星期六再谈，这才发现家人的信任比我以为的深。可是工作太忙爽了约，只能在生日那天跟爸爸妈妈和儿子吃顿晚饭。自从患病后，生日都是跟家人过，当你感到每一日都是赚回来的，甚么是最重要会变得很清晰。我将录音机放在白色台布上，搞清了他偷渡的路线，问清楚每一个环节和同伴的资料，原来那时内地短暂特赦，历史有没有记载我不知道，只是村里的人一个传一个，到了边境又真的能过。

5 认真记下父母的当年，我发现叫父母开心的未必是给他们金钱或吃好的或买贵重的东西，而是跟他们聊一点他们年轻时的事，时间突然不再存在，眼神闪光，返回十多岁，尤其是偷渡那种勇往直前，叫人肾上腺素上升。逗他们说说年轻时的事，其实也是一个孝顺的好方法。

我将*Shamanic*围圈拖手能量传送仪式带回家里，连弟妇、侄仔一家十几人围了大圈，小孩子们当然觉得是玩，在说笑话，但其他一向疏离少话的家人突然间拖手，能量一传，好几人流眼泪，是开心眼泪吧。然后一做那个握手眼望眼的仪式，妹妹忍不住决堤，那天晚上回家就收到她的短讯："家姐，我永远爱你，我爱我的家人。"这些话大抵一直只藏在她的心底，但一做仪式，她竟然就拿起手机将它发出。

6 过了几天坐下来打开笔记本，就做了这本书的大纲，然后一下笔就写了 *2010* 年情人节那两个章节，写了足足一个月。

7 朋友跟我庆祝生日，本来不打算多说旅程的事，因为不知从何说起，谁知有人问，就这里说一点，再有人问，那里再说一点，越说越停不了，她们啧啧称奇，但无论发生的事几不可思议，看着我整个人轻松了，就非常肯定是一件好事。

8 这一切的发生强化了我要将经历写下来的决心。越写下去越感到"解"的迫切，而解铃还需系铃人，想亲手解开跟前夫的结，虽然不是*100%*我的责任，但计较没有幸福，尤其当我在一个更有能力的位置，就更加不会计较。所以在一个周末，当他将儿子送回来的时候，我说："跟你谈几句。"他十分警惕，大抵基于过往不愉快的经验，人之常情。跟他走到露天车场一角，风很大，情境并不配合将要出口的肺腑之言，但理不了这么多，又不是要跟他谈情，要说的很简单，就是在*San Pedro*治疗过程中，我遇到了甚么，他的爱如何从心轮涌出……他没有正眼看我，且明显浑身不自在。我再说下去，他一副想逃的样子和"你说完了没有"的身体语言，我说过去了的事，大家都有责任，大家也有付出，我只是希望让你知道我是感激的，谢谢。然后再补了一封简短电邮：我正在一个希望跟所有事所有人缔造和平*(make peace)*的阶段，不希望生活中有任何阻塞，我明白过往的所作所为可能伤害了你的感受，但我亦相信你能够明白那是彷徨时的一些小我防卫手法，是自我保护所发放的负能量；过去的已经过去，也是时候放下，眼前最重要是我们还有机会当好父母，大家努力吧。

也没有得到他任何回应，我已做了我要做的，所以回应与否关系不大。但转变真的在发生。两星期之后，他主动打电话来，约时间一起吃顿晚饭可好，我感到他声气里释出的善意，也乐见他能够接受我的善意，当然这种和解不能一步登天。儿子很高兴，五年来首次跟爸爸妈妈再坐下来，兴奋得不停说话。冰封三尺，解冻也需若干时间，整顿饭客客气气的。我喜欢自己大方得体。以前老觉得大方得体是因为圆滑和懂得做人的缘故，今日我明白大方得体是因为有能力，也有那个容量，容得下才能够大方，装出来的不但会被看穿，也装不了多久，真正不拘小节，不拘对方如何，立定了心肠要做好这件事，就这样简单。我要做的就是让儿子高高兴兴地长大，不是满怀心事或害怕偏袒父母任何一方，这些都是巨大的精神压力。

吃完饭道别后，儿子即兴奋地问："我们可以每天都这样吗？"又："你可以跟我爸爸做朋友吗？起码在*Facebook*上。"除了感到自己做对了，也能感到小小的心灵原来抑压着这么多心事。希望在跟自己解结的同时，也在解他的结。

⑨好的事继续发生，能跟妈妈说体己话，甚至拥抱她赞美她，这些简单的动作在工作上都不难做到的，对养育我的家人却很难做。继续每日*meditate*，更广泛地运用*YL*精油，例如写作前用上*Surrender*、*Acceptance*、*Inspiration*、*Brain Power*和*Clarity*来*meditate*，平常用*Joy*、*Abundance*、*Present Time*……楼市飙得不得了，每天都接到地产电话，纯粹看数字的确很诱人，但一坐下来*meditate*，就知道答案：多一事不如少一事，有事不如无事，住得安心，赚的数目字，未必能补偿搬屋的神伤。

⑩那块遗留在盐田酒店的毛毡有下文。离开的时候将身上所有秘鲁和玻利维亚纸币给了*Raul*，希望他有机会的话，替我到盐田酒店拿回毛毡，因为他一年带几次队往那里朝圣，有了上天的眷顾，一切亦顺利，留在当地修炼的*Adele*还够时间跟*Raul*深入盐田，把毛毡拿回来香港带给我，否则不知如何沟通。

第二个月

老习惯慢慢回来。在最后一班飞机的候机室里，领队拿出了奥修禅卡(*Osho Zen Cards*)，围着我们问："整个旅程得到的信息中，哪一个最重要，要记着继续做？"每个人抽到的卡都不同，*Andy*得到*Guidance*，领队得到*Harmony*，而我得到*Creativity*，已像半个大哥的*Andy*说："虽然你在一个所谓创意行业里工作，但其实你也有很多自我限制，自律、专业和刻板往往一线之差，上了轨道，对你来说可能很难发展一些新的东西……"我也是这样想，虽然一直有创作能力，但不代表已全面开发它的可能性，所以答案可能是关于将心打开，跟自己的女性力量有更紧密地接触，去开发未知的潜质。这班人真的很好，莫说冷面笑匠*Andy*这样关爱，候机时不止我一人拿着笔记狂写，"乜都知"小姐有书和笔记簿，*Christine*也在思考旅程中要记下甚么，而不是围在一起找话题讲是非，纵有磨擦，他们的质素还是很高的，感恩跟他们在一起。经提点后，每做一件事，都问一个很小的问题：还有没有另一个方法去做？或时间是否可以用在更有意义或一些我未做过的事情上去？突破由个人层面开始，例如跟家佣的相处。过去多年请工人都是一个生活的大问题，熟悉我的读者也略知一二，当然每一个在香港聘请外佣的雇主都会有本难念的经。为了测试自己改变了多少及验证所学的，当旧的模式又在厨房发生，她一言我一语，在她黑面打算发脾气之际，我请她到露台，拖着她和儿子三个人围圈，做一轮能量治疗，你别说，这样一拖手，胜过千言万语，只是两分钟的事，她不再黑面，我也不再唠叨，甚么意气之争，在能量层面中化解了，这是回港后经历最神奇的时刻之一。不单因为能量能做到的，更是关于自己能做到的，包括放下过去放下身段放下习惯。

第三个月

慢慢开始感到反高潮的下降气氛。书很难写，两个章节写了一个月，是很大的挫败感；很多时候不是用甚么字、怎么铺排等的技术问题，而是跟心魔(也是昨天的我)搏斗，要让这些在阴暗角落的心魔出来，在光的地方面对它。将黑暗角落翻开来晾晒，始终是跟了我几十年的尘埃，一下子打扫起来，真的感到不自在，甚至情绪有点低落，虽然明知黑暗尘埃不是甚么好东西。另一方面却有一把声音说，你在能量最高清最好状态时候订下的决定，一定比你这一刻挫败和没有心机所作的决定好吧，所以你不应跟随这一刻的心情去活，而是跟随之前订下的目标去做。

这搏斗也叫我多次企图返回心智*(mind)*主宰，用聪明才智来整理材料，不用面对心*(魔)*，但声音再响起：不是想试新东西吗？返回顺滑易走的老路，是永远都不会知道新路如何。拉锯中，就在反高潮的路上蹒跚地走，慢慢地做，而且总有一股很强的力量在找机会逃跑，例如一口气看毕六个季度的（*House*），这是一直都不肯看的电视片集，因为它对人体器官和内脏有太过生动*(graphic)*的呈现。但不是没有得着，例如饰演（*House*）医生的*Hugh Laurie*原来是英国人，曾是剑桥大学划艇高手和*Stephen Fry*的谐趣剧拍档，要到了四十五岁才凭一个美剧角色走红，继而能做自己一直想做又做得好的——玩音乐灌唱片，于五十一岁第七季更兼任监制，你说成功太迟吗？我却被激发了*(inspired)*。

类似的逃避久不久就发生，创作过程并不顺利，书终于不能如愿于 *2010* 年出版，但我明白迂回*(detour)*往往有它本身的意义。中间也有见见*Readers*［注1］，他们都说我的能量很清，反高潮是因为要在老地方运用新能量，生活又不像旅程那样天天有新发现，而且写的不是平时用来赚生活的，不是开动那部运作畅顺的机器，而是将自己放在一个被启迪的状态，灵感这回事不能每天都来，它会来，你用了，然后走，你只能将自己放在这么的一个状态，当然越做得多你越容易进入这么一个状态——这些我都明白。其实在这个拉锯过程中有很多好事发生，除了工作不断，酬劳增加，认识更有趣心地好器量大层次更高的人之外，有一些一直想做的事终于觉得是时候可以靠自己去实现，例如做自己的出版社。在探索过程中知道甚么是可以，甚么是不能，在哪里妥协；能*100%*接受人算不如天算，就能明白妥协其实是创意的起点，既然不想租地方请班人新开张，就得想别的办法，而且在互联网时代似乎更合情理。妥协，不一定是退一步，有时只是将一步登天变了小步过马路，甚至碎步，不够痛快，但只要是继续向前走我就没有问题，慢有慢的好处。渐渐明白甚么是“*healing through proper business*”*(*从正经事或做生意中复原，见第*33*章*)*，因为在跟不同的单位磋商这样、垂询那样的过程中，不单主宰了出版更大程度，了解电子书的投资和技术，或内地办出版社的各种规限，也知道做一盘生意要有甚么基础，而且个人精神满足，头脑清晰，不单看到更大的图画，也能给别人排难解困，严格来说是看到他们的盲点，将他们的絮语解构后，再排列一次，让他们看到答案或选择，就像一面镜子，而且像一面镜子，越平和越清晰。

所谓天空之镜不单单是存在于南美洲那渺无人烟深入沙漠的一大片盐田，它也存在于每一个人心里。当我们气定神闲无杂想，满足、感恩、期盼又乐意付出，我们的所有层面就能练成这片镜面，越少波涛，越少凹凸，越少扭曲，一旦平和就能反照人、事、物的本相，反映着天空之光，心里有光的人能将光带给别人，有机地流到所做的事、所到的地方、所接触的一切，这才是我写这书的最后感悟。波涛汹涌是容易的，发脾气就永远比平静容易，砸碎不顺眼的冲动发泄永远比耐心包容或修补容易，所以值得我们努力的是内在和平及反照的能力，而不是大大小小的戏剧(*drama*)。

三个月之后

在香港生活和工作要同时维持正面和高清的能量并不容易，不见天日的时候多，见太阳少，笼牢感强，状态亦慢慢返回之前那样，九个月后紫外线敏感亦回来了，是否很叫人气馁呢？也不。

常常觉得我们的*SS(Spiritual Self/Highest Self/God/ The Soure/The Force/The Universe*……随你怎样叫)或大我，是方向盘的中轴，生活就是各式各样的向左向右向前向后的驾驶，从中轴分心、分神，所谓复原(*healing*)就是返回*SS*的最高状态，无论是"*from fragmentation to wholeness*"*(Dr. Steve Hinky)*，或是拿走小我(*ego*)，人就能像上帝那样快乐(*Eckhart Tolle*)。归园田居脾气自然好，因为生活简单；都市生活却是混乱芜杂的，也就是精神进化向高难度挑战，如果能在高压的都市生活中活出平衡与大我，境界又跟脱离凡俗隐居深山不可同日而语。设身感受过高层次的喜悦自在，即使返回现实生活，再次被各式各样的事情冲击、拉低、分心，意识会提醒自己不要气馁，快快返回那里，就像向左了或向右的轪盘返回中轴的位置，即使不是*100%*完美排列，*80%*都好，我想这就是这个旅程对我的最大意义。当我偏离了，我会知道自己偏离了，而这个轪回中的过程和时间比未去之前短，尝试过那种美好，会念念不忘，渴望返回那种状态。不少人对"自我"的认知是稳定的、甚至是肯定的，但经历这么多之后，我发现"我"其实像生活一样是流动的，有高低有大小有光暗，自然有上落有徘徊的时候，所以不了解甚至误会自己是很多人都有的问题。我们有没有*100%*了解自己的一天？如果想，应该会有的，可能是我们的最后一天，或其中一天，或某一段时间有*93%*，之后生活的旋涡又会把我们扯了去，分别是，曾经见识过那么好的自己，就会想努力重返那么好的状态。像都市人饮酒后去运动出汗，或一边捱夜一边敷面膜，都是一种尽力而为，而非徒劳或矛盾。

领队所言非虚，神奇事继续发生，一半是加固已感悟的，另一半是出其不意，以为完了，原来是更深挑战的开始，但再写下去就会变了没完没了的真人表演(*reality show*)，而不是上天想我做的反照(*reflection & reflections*)。*Reflection*的意思是反映。奥修说当你*meditate*，你就是一面镜[注2]，平静祥和不是静止或无语，而是超越了语言文字和思考[注3]；*Reflection* 的另一个意思是沉思，奥修说沉思是想法，想法不离语言文字，一"想"就没完没了，何来默照？但我发现两者可以相安无事，或者说，沉思是反照的开始，所以它们共用一个英文字，是一头一尾，让我们徘徊或进化。因此设计师问我拿英文书名，不经大脑就有（*Reflection*，*Reflections*）两个字跳出来。

心水清的读者应看到我想写和我要写的是哪几章，但只写那几章不成书，于是就要一步一步铺排到可以写我要写的，如邓小宇说他用钱玛利身份写《穿*Kenzo*的女人》是因为要记下那些亲耳听回来的厉害对白，所以创造人物角色情节是要让厉害对白出场[注4]。我是甚么时候发现我的经历是有任务的？就是当我发现同辈的友人都不是这样的，然后甚至同行的，都找不到另一个像我那样同时经历十种磨难的，但这十种磨难却是很多人都分别经历过、正在经历或会经历的，而每次写或说出来，都有回响。类同经历就是我跟其他人的联系，越多经历就能联系更多人。渐渐亦看到了经历是唯一的真实，而不是看的听的学的，没有经历过的都不属于自己，我在做的，就是我不能不做的，也是我的经历和价值，未必流行，未必是别人眼中的好看，但我不能选择做其他人——其实真的让我选，也想不到选谁来换——但可以选择用大我还是小我的方式去活，我想做大我，尤其在找到自己之后，怎好意思辜负*88/16/7*。

哈利·波特十岁的时候被带到巫师世界的银行，才发现父母给他留下丰厚的金库，他在那一刻当然不会拒绝自己的“命运”，即使一路长大，面对死亡威胁及各式各样的挑战与恐怖经历，我想即使他能够由头再选择一次，选择的结果也会是一样。每个人都有丰厚的金库，每个人都想活出自己的命运，只是不知从何做起，看不清甚至看不到要走的路，所以脍炙人口的作品都是关于寻找自己、活出自己和忠于自己，这些听起来好像很遥远、抽象、跟生活无关的课题，其实却迫切地存在于每个人的心里，只不过社会上(集体小我)的各种调校，令我们将这些真切的欲望搁置，去追随社会教晓我们应追随的，盲点越积越多。

有了这种意识，看甚么也看到精神层面的信息，跟儿子重看（*Matrix*），它不再是关于廿二世纪或杀人网络，而是忠于最高的自己(*spiritual self*)，不应逃避或不能逃避你要成为的(当然你可以逃，但你会再回来、再做，直至完成，逃避只会浪费时间和精力)；而且“你是谁”不是别人告诉你的，别人可以告诉你这样那样，你可以因此而得到一点头绪，但最后只能靠自己找到自己，也只有你知道如何和甚么时候找到自己，像*Neo*那样。我们以为自己是怎样，很大程度上是因为其他人，其他人是一面镜子，将他们眼中的自己反照给我们看，若没有外在的镜子，你是否永远都不会知道自己是甚么样子，那你怎么知道你就是你？相信外间替你拟定“这就是你”的映象，主导权在外。与其做别人的镜花水月，不如将镜子由外转内，或更好的，“我”的存在，就是那面如天空般辽阔的镜。

注 1 | Readers 是能看而又以此为职业的人。所谓“能看”，往往是channeling，可以是从一些精神源头获取资讯，可以是过去现在或未来的，但重要的是精神源头的层次要比你高，才有指导性作用。 **注 2 |** “Meditation is nothing but skill in mirroring”（p.52 Osho（*Zen: The Path of Paradox*））。**注 3 |** “Serenity, or silence is not calmness; it is not quietude. It implies transcendence of all words or thoughts”（p.56 Osho（*Zen: The Path of Paradox*））。**注 4 |** 我的看法是个天想他写，于是用他最喜欢的东西来激发他，就让他听到那些叫他兴奋的厉害对白。

Thank you !

From : ch… …om>
To :
Sent : S… …11 11:32 AM
Subject : T… …assage

Wini，

今天是*2011*新年的第二天，早上一口气看完了你传给我的新书电子档，看得津津有味，也让我对新的一年有祥瑞的感觉。

这真是一本善良而巧妙之书，既是你个人的旅程，也定能启迪有缘的人：你的读者。这是多么让人向往的经历，异地奇眩的感受与个人当下的情绪、深层的情结如此交织而终究相互圆融。在这本书里，你找到了一种写作的策略，让我们也对*serendipity*有所体会。你也和大家共啖了一种人生的味道，相信会触动不少人，他们会像你妹妹一样感到爱。

这本书不需要序，不该有我的或别人的序，那是煞风景的。读者不会要看别人的文字，他们只想通过你的笔触，亲密地分享你的个人世界。这是很私密的书，但必须让更多人看到，因为它是无私的、是动人的、是共性的。整本书就是你四十二岁后新人生阶段的序曲。

祝新年活得精彩！

陈中

城市出走
AWAY FROM THE CITY

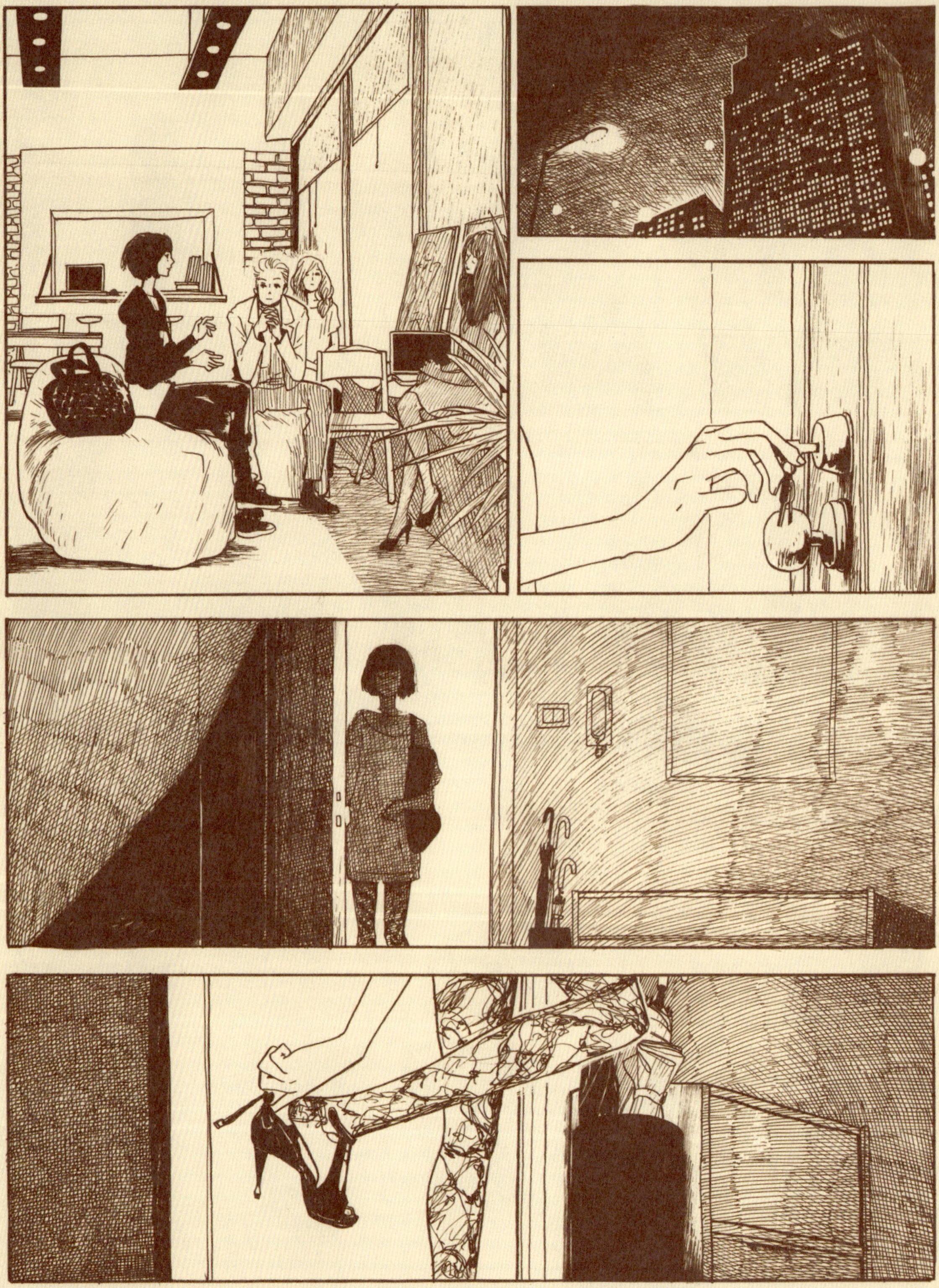

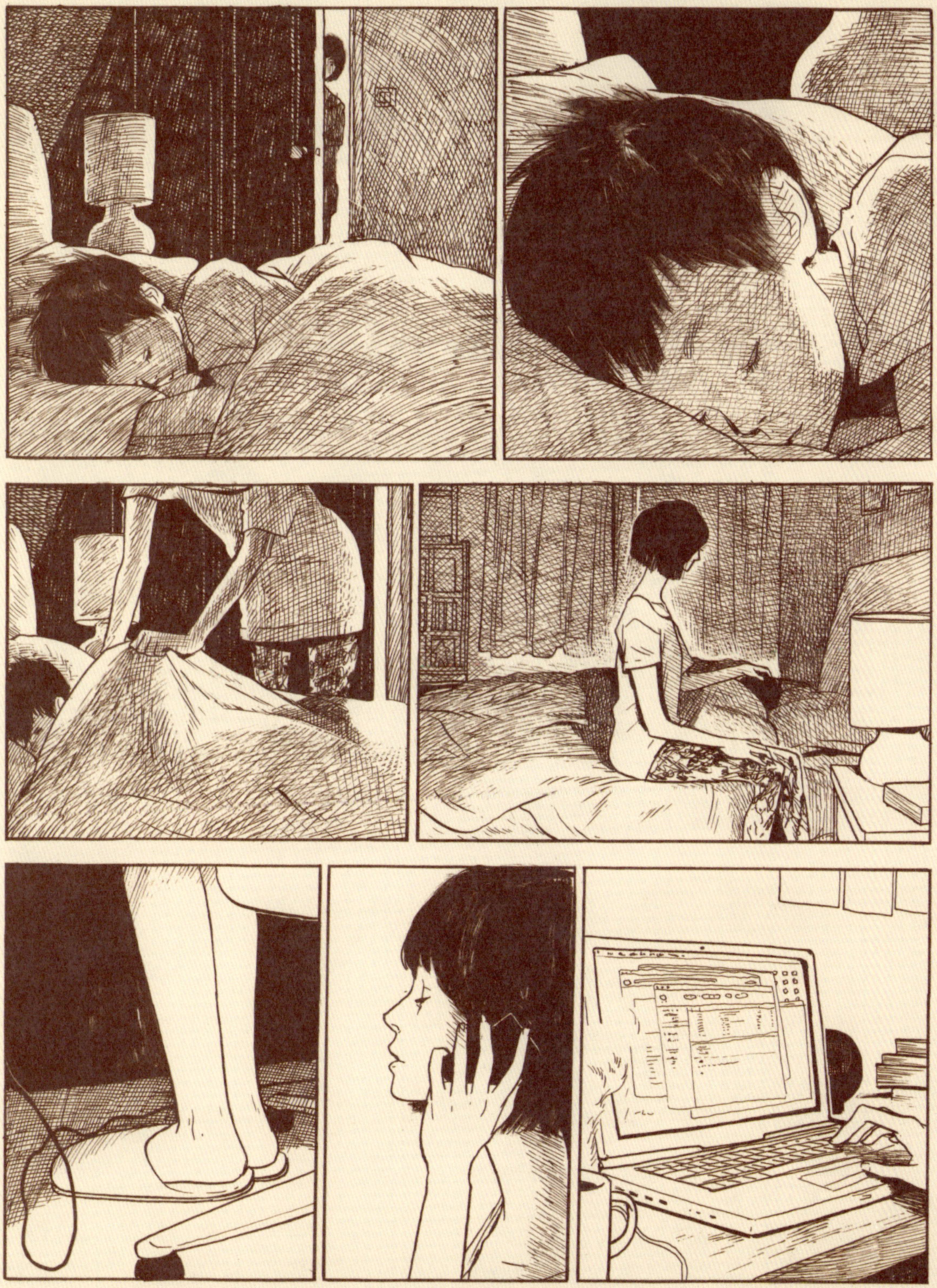

1:28

摄于南美旅程一年后，photography by Kaon

Thank You!

做書可以好簡單，也可以好複雜，不深入複雜，就不会知道可以有几簡單；做人也是一樣。感谢這世上还有不少想法相若的朋友。謝謝再度合作的All Rights Reserved，你們令創作过程立體化，透过設計將書的層次提升。謝謝中国戏剧出版社社長樊国宾对《天空之鏡》及对我的賞識。謝謝吳宏凱的鼓勵和支持，沒有你，此書簡体版就做不成了！謝謝Louis Vuitton的Vita讓我成為第一个在路易威登LV Maison簽書的華語作家，我有榮焉。謝謝熱切期待我新作的讀者。

30.7.2012

非常感恩的

Wini